U0103013

博客思出版社

現代散文 7

花舞山嵐農莊
阿蓮娜的心靈花園

陳似蓮 著

自 序

　　這是一本關於開墾「花舞山嵐農莊」從一片荒蕪開始的故事。

　　中國人以農立國，用二十四節氣作為務農時序的節奏，因此，本書就是運用二十四節氣貫穿全書，將一年四季的節氣體現在花園裡，隨著時序變動，作物有不同的顯現，人也同樣隨著節氣變化會有心境上的轉變。透過這樣的時間演進，書寫農莊生活中最日常的一面，每一節氣再分為上下兩篇，上篇為進行式，是記錄一整年，從 2017 年立夏至 2018 年立夏，代表生生不息的循環，描述當下農莊山居生活的種種甘苦點滴；下篇為過去式，從 2012 年至 2017 年，描述開墾農莊六年來的心路歷程及過去人生中所伴隨而來的回憶。可以感受到時間之於生命是稍縱即逝的。

　　篇幅採用現在與過去兩面同時呈現，在時空穿越的交替變換中，細緻敘述六年來情感的轉變、思維覺察及心靈得失，內容有勵志、有歡笑、有挫敗、有成長、有刻骨銘心及大自然純粹的一面等等共計四十八篇散文，有些篇幅加上新詩創作抒發情懷。請讀者與我一同穿越時光，端看我與官員周旋的無力感、被蛇嚇得落荒而逃、一座花園大遷徙以及嚐到人生的愛別離苦，還有與死亡相伴等種種生命故事，並一起來感受山上日月晨昏的美麗與寂靜景象，讀完本書後相信您彷彿也參與了農莊開墾及山居生活的全面貌。

　　唸研究所是我在進入職場後一直想實踐的夢想，卻在人生最忙碌、年近半百的時候重返校園；在這之前，我也一直想把成就「花舞山嵐農莊」整個心路歷程記錄下來，沒想到兩件想作的事，竟意外在同一時間的推波助瀾下完成了，有種在夢想中又完成夢想的感覺。為了要深刻描寫「花舞山嵐農莊」，我更認真的生活，因為每一天或每一個事件所引發的故事，都有可能是書中的一篇，進而啟發對生命的覺察，體悟生命在生活中脈動是因循著天地節奏，若不是回到校園，不會用不同的視野重新看待我的花園與生活。

花舞山嵐農莊
阿蓮娜的心靈花園

 　　　　　　　　　立 夏

　　　　　　　　2017.5.5 ～ 5.20

- 上篇：種樹／煙斗籐
- 下篇：開發三味

上篇：種樹／煙斗籐

 種樹

有個花商，有一群花班，需要大量插花素材。有天他來花園走走看看後，說如果可以，我們種一批杜鵑供應給他，這樣一來，我們秋冬收完蘭花，春夏可以接著收杜鵑，收入可以大幅增加，不怕沒事作……啪啦啪啦喋喋不休，果然是花「商」。他不知道有種漁夫是三天打魚兩天曬網，沒鮮魚就吃魚干，我好不容易可以作兩季休兩季的呀！但想到以後將有一片美麗的杜鵑花海在山嵐中搖曳，還是買下了 1200 棵的柳葉杜鵑，準備種植。

● 柳葉杜鵑花

時值立夏，現在種杜鵑是晚了點，春分是最恰當的時間，但這裡的時間步調似乎總是慢了些，就像風總是不急不徐吹過樹梢，樹梢只是應和搖了搖幾片葉

子；小狗總是懶洋洋的睡在道路中間，車輪到眼前了才意興闌珊的起身。

　　原本預計三月底就要種植的杜鵑，因為怪手先生的工作安排，一直延宕到四月才來整地，杜鵑就這麼孤零零在一旁等了又等，一等就是兩個月，地一整好，所幸即時找來人手幫忙種下約莫是一半的數量，另一半杜鵑只能繼續等怪手先生再整理一片空地出來了，再等等吧！等，有時是很磨人的事，但在山上又有誰在乎這一時半刻呢！只能一邊祈禱地快整理出來，一邊祈禱杜鵑再撐著點啊！

　　樹種下最需要的就是水了，而這幾天並沒有下雨，地面、土層都是乾的，內心感到焦急，天不下雨就要人工灑水了，拉水管在一個山頭澆水是一件浩大工程，這是一座露天大花園，不是門前庭院，況且剛植下的樹苗經不起水管線纏繞拉扯，還是再等等吧！氣溫慢慢降下來了，興許雨也要來了。果不其然，午後下一陣雨，解了燃眉之急，謝天謝地。謝天、謝地是一直以來對這片土地的敬畏之心與感恩之情啊！

　　接下來的幾天，氣溫居高不下，最高溫來到 35 度，但我與莊主倆人依然很認真的像蜘蛛人一樣攀在陡坡上，頂著烈豔做著造林的工作，一手拿著鋤頭，一手拿著植栽，雙腳站在陡坡上略顯吃力，整個身體呈弓形，在太陽下曬的頭昏腦脹，汗流浹背，眼睛已被汗水漬得睜不開，雖然才種下一百多棵樹，但已經很有成就感了。

　　一直把種樹視為職志，並儘可能身體力行，若問為什麼我們必須這麼勞其筋骨？就當為地球盡一份心

力吧！這是一直以來與「花舞山嵐農莊」建設並重的。總覺得種樹造林就像造福一樣，不是立竿見影，也不是一輩子的事，而是造世世代代的福蔭。

一天下來的心得是，左手很沒用，右手一隻太少，也不知今天右手掘了多少土，快報廢了還沒得替換！晚上拿筷子時手都會抖咧！

連著七天沒下雨，一早仰望湛藍的天空，看來是別指望天降奇蹟了。認份的拉起水管開始灌溉種下不久的杜鵑與樹苗，我突然想到海明威「老人與海」的故事，有時候大自然的無情是為了考驗人性脆弱的一面，老人拉著釣竿和魚在大海中博鬥的那股毅力，最後已經不再是為了能釣起那條魚，而是那股不屈的精神，如同我拉著手中三條水管串成的百米水管在花田中穿梭，水的重量加上水管三不五時噴開爆裂，我彷彿正和心中的那尾魚博鬥，釣竿在我手上，魚（夢想）是我的，樹是大地的，既然大地給了我夢想，樹自然不能讓它倒下，我若放棄澆水，近一千棵的植栽就等著乾枯，時間已來到正午，大太陽的無情同時灑落在我和植物的身上，雨不下來，我卻汗如雨下。

下午還要繼續與水管纏鬥。

有種情緒是很難形容的。

我與烈日、百米水管搏鬥了一整天，傍晚天色漸漸暗下，已精疲力竭，右手臂拉水管多時幾乎已達到麻痺的程度，泥濘的水管在身體上勾來勾去弄得渾身是泥巴，這大概是我四十幾年來最髒、最虛弱的一天，拖著沈重步伐正當要進屋洗淨時－「嘩啦！嘩啦！」

下雨了！當下天旋地轉，心情很複雜，怔住了。

　　一旁的女工歡欣得手舞足蹈，張開雙臂仰頭迎接雨水的滋潤，我則反身走進雨裡，感受植物的喜悅，好想哭、好感謝，有一塊造林的區域是水管牽不到的，這一刻鐘的雨正好補足了我能力所不及的區塊，感謝老天爺看到我的努力，最後補了這一場雨給大地的樹，所有的植物雨露均霑了！

　　接著連下了好幾天的雨，一天不知換幾套衣服，但這樣的天氣總比大太陽好。繼續種樹，雖然知道雨天種樹不好，但實在沒太多的時間等待，只好跟它－雨天、跟它－種樹，拼了！

<雨>
別鬧了，快來吧！
旱著的大地苦候不著，
是根錯結糾葛的渴望，
盼雨滋養生息，
雨不下來，
葉卻如雨飄下，
快來吧！雨。
別鬧了～

藍果樹苗

🎀 煙斗藤

一天早上醒來如往常掀開窗簾，看見「煙斗藤」開花了，像看見煙火在黑夜中散開一樣不由得尖叫了起來！

這是我第一次見他開花，當他是小花苞時，就好奇他的長相，花真會像他的名字「煙斗」的樣子嗎？花苞一天一天膨大，像吹氣球般鼓鼓的，完全的密合，顏色愈來愈深紅，形狀大小就像香蕉似的；還有如血管般的線條佈滿在花苞上，我愈來愈好奇，他開花的方式？完全猜不透！就怕他在我回台中時有了變化，特別拜託他千萬別在我離開時盛開啊！因為花期只有兩天，我好擔心看不到他第一次綻放。

我想，萬物皆有靈，他等我來了，我們很高興在清晨第一次相遇，接下來他陸續綻放，就像一條一條的絲巾掛窗邊呀！

 煙斗藤

下篇：開發三昧

朝思暮想終有時，
百轉千折多煎熬，
時間如鋸難磨石，
涓水終有滴石穿。

這是那年「立夏」收到核准整地公文時，內心相當激動，有感而發的心情。連續幾年的「立夏」都有大記事，對我而言這個節氣是有象徵意義的，這個意義不在於農作上，而是心靈層面上。

三年前，也就 2014 年 4 月，我們開始提出申請整地，第一次收到回文是 2014 年 5 月，時值立夏。經過整整一年，在 2015 年 5 月終於得到了許可回函，又是立夏，這一年公文往返不知多少次，累積的 A4 紙至少超過了一百張，心情的浮沉是一波更下一波啊！

● 整地前

「整地」兩個字是在開墾這片土地時才鍵入腦袋的，就像上了一門專業課程一樣，花了整整一年，跑一件原本該一個月就可以辦成的事，才真正了解到公家的行政流程有多麼繁瑣與推諉。

　　若不是經過一年的衝擊，我可能還停留在夢境裡，以為買一塊地就可以成就一個夢想了！就像「夢田」的歌詞：「每個人心裡一畝田，每個人心裡一個夢，一顆種子，是我心裡的一畝田。用它來種什麼？種桃種李種春風，開盡梨花春又來……那是我心裡一個不醒的夢啊～」確實是不能醒的夢，因為現實是，這是一塊種滿檳榔的農牧用地，高高低低，雜草已叢生蔓延，什麼也無法種，連我們最基本要擺放蘭花盆栽的一塊平坦地都沒有啊！而且未經申請，機具是不能進入園區作業的，並不是我們想鏟平就能鏟平，在核准整地之前，這塊地只能任其荒蕪了！

　　我詳閱了「簡易水土保持」的最大的範圍是 2 公頃以下，於是天真的填上整坡的土地面積是 19000 平方公尺，第一次我依照流程，備足文件到鄉公所送件。

　　滿懷期待，一個月後終於等到要來會勘的日子，縣府人員來到現場後，我們帶他走一圈要整地的範圍，我手舞足蹈將「夢」告訴他，因為他一臉覺得我們是在痴人說夢，這麼一大片，沒有要種植？卻要開墾？要擺放盆栽？官架子不小的只問了一句：「要蓋溫室嗎？」回答：「沒有。」就這樣結束了！滿懷期待卻被潑了一盆冷水似的，幾分鐘居然結束我等待已久的日子，然後拿了一張小抄要我照抄。內容是：「申請地因需重新規劃使用，本案請縣府予以退件……」我完全狀況外，問這位大人，這是什麼意思？他只冷冷的回說，等公文通知。

　　公文來了，原來是駁回申請了，這天是「立夏」，我的心卻有如落石沉海的冰涼感，在這之前，我滿懷期待，以為有了這塊地，終於可以為所欲為，很快可以將蘭花放滿園、很快可以漫步在山嵐裡、很快可以奔跑在花田裡，此時，所有的雄心壯志就像洩了氣的皮球癱在地上再也提不起勁。整地是為了種植才被允許開發，若不種植就要蓋溫室，偏偏我們這兩者都不是，這是令人困惑的，為什麼蘭花一定要在溫室裡？真的不解。

很快的，我準備要第二次送件，幾經考量後決定找代書辦理，心想「交給專業」就對了！土地代書果真很專業的又找來專業測量高低差的單位，用數據作為整坡的依據應該是有利的，心想這次應該萬無一失了吧！代書送件後許久不見動靜，在催問之下得知，縣府發文表示「……盆栽或苗木未將作物直接種植於基地上，所以不屬於農作生產的定義，因此未核準農業整坡作業……」天啊！台灣是蘭花的大國，誰不知蘭花都是在盆栽裡的？這怎不是農業呢？針對這點，我們作了很多的說明，難道蘭花不能露天擺放嗎？一定要在溫室裡？誰規定的？這是整個過程裡最令人匪夷所思的，連小娃兒都知道種花是農業呀！更何況嘉義是農業大鎮。

於是我寫了第四次陳情書，這是長這麼大以來第一次寫這麼多陳情書，只為了說明「盆栽栽培就是農業！」不久又換農業課的人來，她無奈的說，第一次出這種公差，看看之後，問：「花在哪兒？」回答她，地還沒整好，花怎麼來？但她的目地是來確認有盆栽擺放現場的，而我們的問題在於「盆栽栽培是不是農業？」要看花，可以去舊園區看。她聳聳肩說不用，但整地不干她的業務，她實在不明白來作什麼？我們更不明白這樣唇槍舌戰的用意何在？就差那麼一點點，煙硝味就要爆發了，不可否認，我們已到了情緒的臨界點，而她則被簡單的事情搞得複雜化後不斷的搔頭，一群人只剩下嗡嗡嗡聲音在空中縈繞著，最後她說只能依客觀環境寫下：「現況為檳榔園，爾後若從事虎頭蘭盆栽栽培則為農業行為……」終於為此事劃下句號。

其間又耳聞，承辦人認為我們是都市來的投資客，表面種花，骨子裡來炒地皮之類的，我們送的件，他是不會「掛號」（我想是理會的意思）的。內心多少個問號是不是要紅包呢？代書的不積極加上縣府的推諉，第二次申請整地整整拖了半年之久還是被退件了。眼見雜草又更上一層樓了，心的紛亂已不亞於雜草的蔓延，一整個信心潰堤。

時間磨人，我們申請整地快一年，始終沒被批准，原地主也申請整地倒是後來居上，不到一個月公文就核准下來。這之間，他每逢見著我們就問進度，然後又是一陣「太古意了啦！不能太老實啦！」我是愈聽愈有趣，咱家莊主開始顏面神經抽搐，枉費他是生意人，還被農民說古意，真沒面子，結結巴巴的要辯駁，想扳回一成，話沒給說完，人家農民說：要用頭殼啦！意指我們可以編點善意的謊言，但謊言是為了掩蓋事實，偏偏他們的謊言就是我們的事實呀！

● 整地前

　　又送了第三次，適逢選舉過後，改朝換代了，也過了一個年，一切好像又回到起始點，一年前沸騰的心經過一年的折騰，多少是沉澱了，雄心壯志在第一關就卡住，整地的範圍如同企圖心也跟著縮小到六分就好了。這一次仍然有些小波折，但至少兩個月左右就得到允許整地的回函，一看日期，又是「立夏」！

　　在申請整地的過程，內心的煎熬就如煎中藥般，八碗水文火煎成一碗水後再煎一次，三碗水文火煎成一碗水，數度覺得自己整個人像中藥在火上被一次又一次收乾了。終於嚐到夢想是你以為一切可以隨心所欲，現實是這世界不是被你踩在腳下，而是你被人踩在腳下的夢想，在別人看來就是那僅存的一碗水～微不足道。

 小 滿

2017.5.21 ～ 6.4

・上篇：穿林雨／愛情花
・下篇：與死亡相伴（一）

上篇：穿林雨／愛情花

 穿林雨

有種雨，遠遠地會聽見他穿林打葉，噠噠奔跑的聲音，由遠而近，越來越急促，越來越大聲，就快接近你了，那代表你有三分鐘的時間可以趕快跑，免於落湯雞的命運，十足跑給雨追。

小滿過後，這些日子，雨總是像萬馬奔騰般而來，有一句節氣俗諺「立夏小滿雨水相趕」，意即這個節氣雨水下得充沛，當年必有大豐收，看來今年的農作物有福了。此時如果不想被雨淋溼，就得在聽到狀似急促的馬蹄聲時，立刻丟下手中的活兒，拔腿就跑；如果已經一身泥濘了，就索性享受那如弦律般在大地上跳躍的雨，臨到了，便任它洗滌，漫步在雨中，朗讀蘇東坡的《定風波》，亦別有一番意境。

> 莫聽穿林打葉聲，何妨吟嘯且徐行。
> 竹杖芒鞋輕勝馬，誰怕？一蓑煙雨任平生。
> 料峭春風吹酒醒，微冷，山頭斜照卻相迎。
> 回首向來蕭瑟處，歸去，也無風雨也無晴。

連著幾天下雨，路面泥濘，昨晚一不留意，貨車在園區的最下方陷入泥淖裡動彈不得。我想有些人廣告看多了，以為四輪傳動的車子真可以上山下海，然後揚起一片水花好不瀟灑、以為可以在爛泥中甩尾，掀起一塊泥地好不得意、以為真可以翻山越嶺、跋山涉水。而它只是一輛 1.3 噸的小貨車，原來是咱家莊主深陷泥淖之中，百轉千折脫困不成，弄得混身也是泥濘，一付慘遭泥巴修理的狼狽樣回來，著實讓我嚇了

一跳。

　　不知是苦主，還一度以為莊主今兒個種樹種上癮了，天色已暗未見人回，雖不像他的行事風格，但我想大自然是神奇的，說不定能瞬間改變一個人，我正愉悅著烹煮美食，等他辛苦回來後共進晚餐。這是山居生活一天裡我們最期待的時刻，我好愛在群山中有一盞燈是屬於我們倆圍坐著餐桌的光芒。此時，莊主推門而入，像湯姆歷險回來，滿身泥巴，胸前托著湯姆帽，褲管一腳長一腳短，活脫脫就是湯姆上身，一臉疲憊的說：「慘了，貨車陷在下方茶園泥淖裡了！怎麼都駛不出來。」我瞪大了眼睛，瞬間像五雷轟頂似的，大呼，這下可好？！唯一能求救的怪手先生明天起剛好休假一週，除非急急如律令召喚他來，不然，貨車可不會聰明到自己半夜駛上來呀！但這是最後的選項，不好打壞他的假期；再想想其它辦法，等等趕緊摸黑下山買一條拖車用的鋼索，明天一早天亮讓就「肉哥」（我們的休旅車 Rogue，國語翻成『肉哥』）先去救援，不成，再急電怪手先生來吧！就這麼定了。

　　一早五點天剛亮，我們就跳下床，趁四下無人，趕緊叫「肉哥」去把貨車拖上來，莊主掌控貨車，我掌控「肉哥」，一腳踩足油門，一腳輕扣剎車，就怕力道沒掌握好給飛天鑽地了，真緊張，明明是在自家園子裡，所有的人都在這裡了，所有的人就我們兩人！還要趁四下無人，搞得像在當小偷似的。我們緩緩地將小貨車先後退一步再往前兩步，先往右邊挪動一點再往下拉一些，讓小貨車先離開車輪陷下的凹洞，再叫「肉哥」掉頭，車頭往上，瞬間踩足油門，加速一拉，終於脫困了，小貨車一番折騰後又活跳跳了起來，

那一刻不禁大聲歡呼擊掌叫好—YES！好像在拍汽車性能廣告喔！第一次做這種事還滿刺激，覺得自己挺神勇的，可以登上新聞頭條版面了。

兩個小時後終於坐在餐桌旁吃早餐了，放下心中的大石，又能輕快哼著歌，悠哉悠哉喝咖啡滑手機，拜託莊主，沒事可別再去歷險啦！

● 園區下方茶園

愛情花

愛情，是 0 ～ 99 歲都無法免疫的美好，偏偏就有花叫「愛情花」，讓人一見她就想念愛情的翅膀，曾經帶你遨遊情慾的雲端，是那麼快樂，那麼沉醉，心中能牽掛一個人與被一個人牽掛，是幸福的事，這就是愛情的魔力。清晨中散步在花田裡，不經意看到一株百子蓮竟在虎頭蘭盆栽裡，才發現愛情花的季節到了。

百子蓮是植地栽種，搬遷時因忙亂並沒有一起挖過來，總想著有空時要回去挖，一拖竟也一年了，今兒個，倒自己跟著上了，有道是「沒有慧根，也要會跟呀！」

百子蓮最為人所熟知的名字是「愛情花」，花語是「戀愛的造訪、愛的降臨」，這是會令人產生幸福感的花，讓我想起小時候，一群小孩子手上拿著仙女棒的那一刻，就像自己真的是仙女一樣，每個人臉上綻放著煙火般燦爛笑容，在黑夜裡揮舞熠熠動人的仙女棒，嬉笑聲中滿是快樂的幸福。而愛情花，是一枝可以像仙女棒一樣拿在手上揮舞，看似脆弱其實堅毅的花，陪著走一段路，不用擔心她太嬌貴而無法握在手上同行，就像愛情的陪伴，是幸福的。

白色端莊、紫色夢幻，花莖可以長達一公尺以上，為繖形花序，有近百朵的小花在花莖頂端，一小朵一小朵盛開，最後盈滿了，就像熱戀一樣，最是璀璨美麗的時刻，可惜花季都不在中西情人節，不然像極了仙女棒的花型，不讓戀人愛不釋手才怪！

看著這棵繖狀小花苞那圓潤欲滴的初始一粒一粒將漸漸飽滿，不由得想到現在是「小滿」節氣，愛情花長相如同「小滿」字意，當愛情逐漸飽滿豐盈，最是嬌媚的時刻，小小的花朵上沾著水珠，晶瑩剔透猶如少女的肌膚純淨，是那麼令人痴望。

　　若不是這株百子蓮跟著虎頭蘭盆栽過來，我恐怕要忘記她了！今日又再相遇，竟有如好久不見的好友，有種驚喜。不知，這一年過得好嗎？很高興妳來了！我們相擁言歡好不盡興。

＜相知＞
花的低語，春的傾聽；
花如我，春如你。
光的戲水，夏的逐浪；
光如我，夏如你。
風的繾綣，秋的呢喃；
風如我，秋如你。
冰的不羈，冬的圓融；
冰如我，冬如你。

下篇：與死亡相伴（一）

一年了。

六月，初夏的味道，彷彿可以掩蓋死亡的氣味，這一年來那個味道始終潛藏在嗅覺記憶裡，鳳凰花開的氛圍正巧可以用驪歌掩人耳目，暫且忘掉那腐敗的味道，就只是純粹的離別吧！

有天看到一段話：「人若沒有『猝死』而是有意識的、長時間的慢慢死，活著等於是被死亡恐懼之菌吞噬著⋯⋯活著卻天天和死亡交戰，天天打敗它，可明日又是一場硬戰⋯⋯於是活下來，不是愉悅地活，而是恐懼地活著，直到最後的死神降臨，它，還是贏了⋯⋯」

我非常能體會這樣的感受，尤其在小魚把身後事全權交給我處理的那一刻開始，儼然我同步與她倒數計時死亡的來臨，一起感受生命的流逝與爭奪，以及數不清的害怕夜晚。小魚與癌症孤軍奮戰六年了，不管醫生跟她宣判三年、一年、半年、甚至一個月，她都能超過醫生所宣判的期限，她執著的個性在生命長度上充份展現了極大值；狀況好時她就像背包客一樣一個人帶著行李就去住院，狀況不好時，老爸爸就陪著一起住院。

2016 年三月底，醫生宣判小魚只剩一個月生命期限，並停止所有藥物治療，她如坐困愁城般無助，眼淚在每次的宣判都是如雨下，我總是隔著話筒聽她啜泣，這回除了啜泣聲，我們有了更多的靜默。

「怎麼辦？怎麼會這樣？」小魚無助的說著。電

話兩端又是一陣沈默。

「準備後事吧！」自己都覺得這話說的好殘忍！但知道她堅韌的生命一定不只一個月，只是「死亡」是必然的了。

「為什麼？為什麼？」就像腫瘤瞬間爆破般，小魚在電話那頭突然放聲吶喊，嘶啞的哀嚎，這是她未曾有過的歇斯底里，哪怕是在診斷出她癌末的那一刻也沒有失控，這是多年來我第一次看到小魚如此赤裸裸，將自己的絕望坦誠在我面前，電話那頭嚎啕大哭，像洪水般跨越電話線，排山倒海而來，我彷彿也與小魚一起載浮載沉在大海裡，我多想拉她一把，但洪水將我們倆越推越開、越推越遠，海浪濺起的水覆蓋了我的臉，頓時視線模糊，耳朵也聽不見小魚的聲音了⋯⋯

腫瘤不斷的爆裂噴血，身心靈已瀕臨崩潰的狀態，小魚仍待在家裡咬牙硬撐著，寧願獨自在半夜裡黯然面對腫瘤破裂，用自己無力的手包紮止血、寧願跌倒又跌倒，摔得整身瘀青，也不願住進安寧病房，她萬箭錐心的痛苦也不願離開這間狹小，甚至在她病後更顯雜亂的家。只因我曾不經意的說出：「要有心理準備，這一出門就不會再回家了！」她把這話放在心上，而我深覺懊惱，自以為輕如鴻毛的話，其實在她聽來是重於泰山。

一天早上，小魚來電，說昨夜裡腫瘤又破了，噴得整床的血，讓我帶一組床套給她換去。一進她房門，那撲鼻的五味雜陳直衝我腦門，見躺在床上的她衣不蔽體，內心多有不捨。她見我來，連忙起身要穿褲子，但這個簡單的動作卻像回到三歲，開始學穿衣褲的樣子，顯得笨拙且吃力，我見狀立即將手中的物品放下，

趨前半跪，像幫個小孩穿褲子一樣為她穿好，小魚單手扶著我的肩膀，沒把我當外人。

氣若游絲的說：「現在連穿衣服褲子的力氣都沒有，若沒有人來看我，我披個衣服也就過一天，方便上廁所，一天總要上個十幾二十次的，也快沒辦法自己洗澡了……」說完又嘆了口氣。

我環顧這個到處堆滿雜物的家，問她：「還有什麼放不下的？讓你如此眷戀這個家？」其實我想說的是這個人世。

她回答我：想多陪陪父母。

而事實是，小魚的父母早已身心俱疲，尤其養父，已經 70 多歲，還要經常陪她上醫院，幫她打理三餐，若有突發狀況半夜還要起身，養母身體不好，這個家就靠養父忙裡忙外了。養父告訴我，他們倆老也希望她住到醫院，好歹有醫護人員照應，他們真的老了不行了。我看著才 70 幾歲，在現代社會，已重新被定義為新壯年的伯父而言，這幾年是老了不少，原以為領養個小孩可以晚年有個照應，結果卻是相反，我不禁深深吐了一口氣，困惑是誰在陪誰？

父母年邁無知，又是養女的小魚，身後事就像託孤一樣，二十幾年的情誼足以讓我義無反顧接下這差事。但真的只是二十年的情誼，而有了這因緣嗎？我更相信這是多少累世因緣所促成的，也許哪一世小魚曾為曝屍荒野的我掩埋；也許哪一世，我曾淪落風塵是小魚出手相救；也許哪一世，小魚曾是我的刀下魂……如果能穿越時空，我真想走一趟前世，看看我們兩人到底是什麼樣的緣份，讓她在生命最後關頭是

如此與我緊密。巧的是，認識她一輩子，至今才知道她的原生家庭也姓陳，這是現世我們唯一的連結。

四月中旬，我開始與小魚進入生命倒數計時，並找了幾家禮儀社了解喪葬過程，因為她想知道自己最後會被怎麼處置，於是我們討論著死亡後的每個細節。從閉上眼睛那一刻，到火化她的形體，以及燒成骨骸後，所會面臨的種種，幾乎是鉅細靡遺的記錄著，好像這是別人的喪禮而不是她自己的，我們反覆模擬一個接著一個環節，開始覺得認真的程度竟如在殯儀館彩排人生似的，顯得有點可笑，原本該認真的是活著的時候，此時卻是本末倒置，人生從閉上眼的那一刻就不再是人生了，而我們竟痴傻地在彩排「死後的人生」。

這是小魚人生的最後一段路，說好要陪她一起走到晉塔為止。此刻起，我就像她的監護人一樣，她一有事，我必須要在第一時間出現。

有一天，小魚被緊急送進了醫院，她養父急忙打電話給我，有點語無倫次的說，醫院讓他簽「放棄急救同意書」，怎麼會這樣？我即刻飛奔而去，她插著鼻胃管，說話顯得困難，比畫著告訴我這兩天是關鍵，撐過去就可以再活一次，撐不過去，接下來就麻煩我……當下我一陣鼻酸，紅了眼眶，握著她僅剩骨頭的手久久不能言語，一直到要離開病房仍拉著她的手不放，我們互道「愛你」像在作最後告別，隔壁床的阿姨聽到說：「放心啦！明天還在的啦！」像廣告破梗一樣，當下我們倆笑了出來。

直至四月底小魚幾乎已經不能行走，才在眾人催促下住進安寧病房。

第三章

芒 種

2017.6.5 ～ 6.20

· 上篇：青春無敵
· 下篇：與死亡相伴 (二)

上篇：青春無敵

當不再年輕時，會開始想起年輕時，而年輕時並不相信有一天會懷念過去的自己。歲月是公平的，年輕就是本錢，所以不給你財富；等有了財富後，已不再年輕，縱使千呼萬「換」也喚不回青春了。

朋友是領隊，帶幾位香港來的大學畢業生到農莊感受三天山居生活。到台不到幾小時就衝去祝山看日出，還特地帶學士服來，在阿里山國家公園裡拍了一系列畢業照，已 48 小時未眠，仍精神抖擻在星空下打屁，對於初老的我而言，別說 48 小時，18 小時還不闔眼，就像要枯萎的花朵，那是怎麼也抬不起頭來的。年輕真好，想當年我……

炎熱的午後，趁著一群人外出玩耍，獨自坐在室內聽著吊扇嘎吱嘎吱作響，享受窗外吹來的陣陣涼風，看著豔陽白雲，聽檳榔樹葉沙沙音聲，Youtube 播放著蔣勳充滿磁性的聲音，講著紅樓夢以及蘇東坡的愛情故事。

林黛玉的〈葬花辭〉段落怎麼聽也不膩，想起自己每年冬天總要往崖邊傾倒一簍又一簍的殘花，日子久了自然形成一個花塚，我沒有黛玉的多愁善感，因為我早已過了二八年華，已識愁滋味，葬花就是葬花，每年的花塚都是上千朵花所累積而成的，也沒有「……一朝春盡紅顏老，花落人亡兩不知！」的感嘆，反而是對生命的盡頭能再返回大地重生而喜悅。但那種為花落淚是很自然的情懷，記得有一次朋友來訪，談及因時間有限對花照顧不週，竟不自覺掉下眼淚，不僅嚇壞朋友，自己也詫異，原來講到對花的情感深處竟

是不能自己。

至於蘇東坡的〈江城子〉反覆又反覆的聽還是感動，尤其聽到「十年生死兩茫茫，不思量，自難忘……」當蔣勳說：「年輕夫妻，美的不得了，蘇東坡也許整天都看著小軒窗正梳妝的年輕妻子……」那種情荳初開的愛情就像花朵正綻放，太美了。我相信有一種感情是再多的十年都不會忘記，那種情感不是炙熱，而是深層的溫度，不管歷經幾位妻子，心靈角落總有一個位子是無法取代的。很奇怪，每次一聽到這段，咱家那個莊主就會像開關被啟動了一樣，說：「這不是聽過好幾次了？」屢試不爽。

我獨自斜靠在躺椅上，聽著動人的文學講堂，想像著年輕的林黛玉和蘇東坡在不同的年代卻同樣地深情；一旁的莊主始終電話講個不停，顯然夏蟬是他的知音「知了！知了！」一直回應著他；看著窗外美景，小狗在門外蜷著身子午睡，等天氣涼一點我就要去園子裡種種樹，稍晚一點就要去廚房準備一群人的晚餐，這三天是我這六年來感覺自己最像農村婦人的時候。

他們一群人在花園裡逛著，來到我種樹的地方，問東問西，這是他們第一次住在台灣的農莊裡，對於這樣不同於都市的環境很喜歡，特別是這麼大的農莊，竟只接待他們一組客人覺得不可思議，學生們圍著看我種樹，一臉很新奇的樣子，其實我才覺得新奇吶！原來我可以這麼像農婦般的被看著，彷彿我已經過了數十年這樣的日常生活。

接著我帶他們到貨櫃屋二樓露台看夕陽，這個位置是整個園區觀落日最美的地方。他們剛大學畢業，有的要進入職場工作，有的要繼續唸研究所，與他們聊著未來，五個大男孩都很優秀，對未來勇於挑戰，期待人生有所作為，無不希望能儘快存到第一桶金。而我的年紀已不再想「人生第一桶金」的事，反倒想起大學時的青春無敵，從他們身上我嗅到青澀的味道，觸動了我的心靈，寫下對年輕的緬懷。

<青春>
當生命不再年輕，
卻想起年輕時，
而年輕時，
不相信，
未來會懷念過去的自己。

當我年輕時，
等在歲月的暮時，
催促著，
擺脫那天真的單純吧！
財富在等你。

當我不再年輕時，
竟懷念年輕的自己，
過去的我不相信有這一天。
那等在青春無敵的少時，
卻早已喚不回。

　　天黑了，我煮了很「青菜、豆腐」的晚餐，在這四周連一盞路燈也沒有，連一戶人家也看不到的地方，這樣簡單的菜色竟成了最美味佳餚，每個孩子都欣喜期待著晚餐；連著三天，不管煮什麼，個個盤底朝天，直說「好吃、好吃」第一次覺得當廚娘這麼有成就感，我喜歡這樣純樸的感覺，如果能整個夏天都待在這裡不下山，不再來去鄉下與城市間，就享受這樣的單純，那該是多美好的一件事啊！晚上，我與大家一起用餐，在餐桌上，一位大學生問了我一個有趣的問題。

　　「如果妳生病了怎麼辦？」

　　我愣了一下，好像我住在雲端哦！我說：「就開車去城市看醫生啊！」

　　他說：「來得及嗎？」

　　「嗯」我點點頭，「不遠，來得及。」

　　又問：「要是半夜怎麼辦？這裡這麼暗，開車行嗎？」

這真的難倒我了，雖然這裡是山上，但還不是荒山野嶺，況且我總來來去去的，「看醫生」從來不是問題，天黑有車燈照明，這是第一次有人這麼問我，反而不知該怎麼回答了，為了讓他放心，不要再追問我回答不了的問題，索性說：

「住在山上空氣好，水質好，不會生病的。」

他好像也認同似的，用力點點頭：「對，住在山上空氣好，身體好，是不會生病的。」

終於可以結束我們天真爛漫的對話了。

因朋友帶來意外的訪客，才能這樣偷閒享受一週世外桃源，卻也因此連著兩天不能去學校上課，心裡多少牽掛著，我這年紀能再回到校園讀書不容易，有工作、有家庭、有個大花園，因此很珍惜每次的出勤，雖然資質駑鈍，但還知道要勤能補拙。

一群人離開後，我也迫不及待要下凡去上學了，趕緊垃圾收一收，門關一關，他們前腳走，我後腳三分鐘不到也跑了，突然覺得自己好像臨時演員，來演這一齣農莊主人的戲碼，戲結束後一切又歸於忙碌的日常了。

下篇：與死亡相伴（二）

2016 年 的「 芒 種」，大概是我這輩 子都不會忘記的節 氣，它預告著夏天就 要來臨，也預告著即 將「與死亡相伴」。

這些日子以來， 我不知道哪天會接到 醫院來電話，手機不 敢離身，又怕電話響 起，又怕手機沒電， 怕上山時訊號不佳， 不敢出遠門怕來不及 回來，怕誤了她的大 事，「怕」到有點神 經兮兮的。

有一段時間，我甚至很害怕夜晚到來，想像電影 情節，深夜裡的醫院長廊，獨自在冰冷的停屍間伴著 冰冷的大體，然後燈光一閃一閃的……每天睡前都很 恐懼，有時才閉上眼又隨即睜開，宛如死神正窺探著 我，等我一閉眼就要去攫取小魚的靈魂，更別說小魚 要直接面對死亡慢慢吞噬的精神折磨了！我無法想像 這是什麼樣的心境，好一陣子是睜著眼睛睡覺的。

為了陪伴小魚的死亡，事前作了不少準備功課， 聽了幾個月佛經義理，反覆閱讀關於死亡所會面臨種

種可期或不可期的事，好幾次都像自己要死掉一樣，看得越多越不敢再像以前一樣，輕鬆說著「死有什麼可怕、死就死、早死早超生……」這類的話，反而開始敬畏死亡。尤其活著「等死」，是所有的死亡當中最令人耗弱神智的，好幾次小魚醒來，瞪大眼睛問：「我怎麼還沒死？怎麼沒人來助念？」每每聽到這，心總是糾結她每次的闔眼竟是帶著如此巨大不安，天啊！她還要面臨多少個恐懼夜晚啊！老天為何對她如此殘忍！

到後期，小魚每天在嗎啡的作用下是幾乎是昏睡的，就算醒來也因為身體疼痛而不斷呻吟著，每次在她醒來都會問她想吃點什麼？要的都是葷食，似乎忘了她選用佛教儀式辦理終生大事，並且依佛法的精神開始茹素，向佛菩薩祈求減少身體疼痛。於是我開始茹素，心想這樣的交易不蝕本，沒想到換來的是小魚的跟進，原來「要改變別人，先改變自己」是其來有自的。

每次的探訪，我只是坐在一旁陪伴不清醒的她，有時唸經給她聽，多數是和看護聊天，看護告訴我，我在安寧病房有一個封號，就是「傳說中的阿蓮娜」，因為小魚經常囈語我的名字，有些醫護人員總好奇這個人是誰？！於是知道是我後，就會提高聲調：「哦～原來你就是傳說中的阿蓮娜啊！」這是在嚴肅的病房裡，算得上唯一有趣的一件事吧！猜想是小魚的不安全感想留住聲音陪伴，因為每次要離開病房時，她總能在我起身的那一刻精準的睜開眼睛哀求著：「不要走、不要走。」我知道，她害怕獨自面對死亡，害怕一個人的空虛無助，知道她在乎一往生的前八小時助

念，也知道她其實很想很想很想活下去。

　　小魚有姣好的面貌身材，水汪汪的大眼睛，粉白的鵝蛋臉，說話偶而會嘟著嘴，一頭柔順的秀髮，稱得上是可人的甜姐兒。但是，看看現在的她－腹部的腫瘤如巨大蕈狀般擴散且活躍著，腐敗的傷口不斷散發出惡臭，身形日漸枯槁，眼神渙散，皮膚晦暗，嘴唇蒼白且乾裂，多次化療導致頭髮已掉光許久，漸漸的連進食都有困難，兩頰已呈現凹陷，哪怕生命已到了後期，卻仍拼著命與病魔對抗著，她已無法清楚表達，用微弱的聲音加上手的比劃告訴醫生，哪天她不能進食了就幫她插鼻胃管用灌食的，好卑微的請求，她只是想活下去呀！見她屏弱在病床上呻吟著，單薄的身子幾乎令人懷疑棉被裡有軀殼嗎？這段時間我經常惆悵人生至此所求為何？太苦了！太苦了！好幾次，我悄然得在小魚耳邊說：「放手去吧！別情執人世間了。」

　　醫院裡的醫護人員說，很少人能在安寧病房住超過一個月的，而小魚住了 45 天。

　　「莫非定律」告訴我們，任何擔心害怕的事只要有可能發生，無論機率有多小，它就是會發生，而且還可能是在最壞的時機發生。果不其然，端午連假，我帶著親友上山渡假，醫院來電了，剛好是半夜，又風雨大作，沒訊號，待我起身如廁時才發現。小魚果真沒能在親人相伴下離去，沒能在第一時間立即得到助念。因為是大通舖，我雖然避免吵醒其他人而躡手躡腳拎起包包，示意莊主該走了，但大夥還是都醒了，並且很有默契的不發一語。昨天的晚餐我聊起小魚這事，興許是這一兩天了。於是丟下一群人趕緊連夜下

山，一出農莊大門，突然傳來「南無本師釋迦牟尼佛、南無本師釋迦牟尼佛……」的佛號唱誦，頓時，我與莊主面面相覷，尋著聲音發現是手機自動開啟了音樂檔裡的佛經，心想，是佛菩薩來相應了，一切諸法天地自有安排，內心不覺勇敢了起來。這佛經的傳來是整個過程中，最無法思量的。

匆忙抵達醫院已凌晨四點多，小魚已被推進佛堂靜置，這一刻雖然早有心裡準備，但推開門的那一剎那，就像打開冷凍庫一樣，一股冷氣迎面襲來，冷空氣依然封不住從她身體所散發出的腐敗氣味，也許這就是死亡的味道，加上衣服有些許淋濕，整個身體一陣哆嗦，胸口如受到重擊般噁心反胃，我倒抽了口氣，不可否認，佇立在門前的腳是舉步維艱，內心不由得升起巨大的恐懼感。躺在那裡的那個人好陌生，我後退了，不自主關上門掩飾內心的惴惴不安，秒針的轉動在夜晚更顯得清澈，猶如在催促我，不容許過多的遲疑；在佛堂外稍稍整理難以平復的心後，跟護理人員坦白：「我沒助念過，該怎麼作？我先為她助念！這是她很在意的一件事啊！我已經讓她在沒有親友的陪伴下辭世了，不能再讓她失望第二件事。」其實，我太了解小魚的善良，哪怕這兩件事都與她的心願相違和，她還是不會怪我，還是會叮囑我：「沒關係，開車慢點，別趕路，我會等妳。」

於此，我果真獨自在深夜長廊中的佛堂伴著小魚的大體。

不曾單獨與死人在同一房間裡，這是我第一次這麼直接面對「死亡」，直視著她已被癌細胞吞噬成枯槁如木的身軀，卻無法將眼神聚焦，作了再多功課，

對於眼前的課題仍顯得不知所措，與死亡相伴的初始還是會害怕，看著小魚尚未覆蓋的臉，眼嘴尚微微張著，我一度不敢直視，為什麼一旦直視她的雙眼，看到的卻是一個深遂的漩渦呢？我好怕，好怕這漩渦將我吸進去，是冷氣將我凍得發抖嗎？還是恐懼令我不寒而慄？我看著門，居然想奪門而出！不，那個深淵跟那個門都是我的心，我可以選擇逃開也可以選擇直視，就像一個人不敢直視自己的內心一樣，原來「死亡」此刻在告訴我：這是正視自己內心最深層的時刻。別，別過頭，別逃走，正視你的惶惶不安就是戰勝恐懼的方法，死亡不可怕，可怕的是對死亡的無知，小魚依然是小魚，沒了呼吸的她依然是我的好朋友，反而知道這是最後與有形體的她相處了，想到這裡，我緊繃的身體不自主放鬆了，當我再度直視小魚時，清楚的看見小魚臉部線條是柔和的，應該是她病好了，身體不再疼痛，彷彿嘴角也是上揚的，我就這樣看著她的臉不斷唸著「阿彌陀佛」，就像她只是睡著似的，為她蓋上往生被，告訴她跟著佛菩薩一路好走。

　　雖然小魚沒能在親人相伴下離去，沒能在第一時間立即得到助念，但我相信我與小魚相應，知道膽小的她，看到我來的那一刻，一定是鬆了一口氣，肯定嘟著嘴說：「妳終於來了。」隨後來了一群她在佛堂結緣的師兄姐們為她助念，我想，這時，小魚是真的放心了！

　　「從八小時後，她身體是柔軟的，得知她是萬緣放下了。」到場的師父接著說：「如此，她是逍遙去了。」聽了師父的話，我也放心了。

43

　　往生八小時後，我在醫護人員的協助下為她作最後淨身，換上在她生前我們一起挑選的漂亮衣服；為她戴上俏麗假髮，再點個胭脂，這是養母的交待，希望回到生病前美麗的她。護理長送我們到電梯前，最後一刻她與我相擁而泣，她感動小魚有我這樣的朋友，我則感謝有她這樣視病如親的護理長。我覺得，一個看盡人生盡頭的人，在這一刻掉下眼淚是對生命永恆的不捨，內心百感交集，什麼也不能說，說什麼也不能，只有輕輕拍著彼此的背。

　　接下來的四天就像我們兩個人的旅行一樣。

 夏 至

2017.6.21 ～ 7.6

・上篇：美麗與孤獨／大冠鷲
・下篇：與死亡相伴（三）

上篇：美麗與孤獨／大冠鷲

 美麗與孤獨

　　每年總在被蛇嚇一跳中揭開夏天序幕，跟往年一樣，今年的第一尾蛇是阿里山龜殼花；緊跟著是蟬鳴、蛙鳴鬧整天的；大冠鷲在天空肌腸轆轆的盤旋；毛蟲、蚱蜢、竹節蟲、大小蝸牛……都來花園覓食，許多葉子都被啃的支離破碎，甚至只剩葉脈，一天細數不下十種昆蟲動物在跟邊，加上悶熱，一整個頭暈。

　　夏至了，天亮特別早，天黑特別晚，白晝來到最長的一天，這是一年當中我最愛的日子，整天花園都在光圈裡似的，像置身在天堂中，可以盡情在田園裡奔跑向天際，心情跟著飛揚起來，享受節氣帶給你的恩典，這樣的日子是很棒的。

　　有時，你會很珍惜某種時光，比如一整個白天、比如獨處、比如清晨的花園、比如向晚的彩霞、比如花開了、比如聽到某首歌的剎那；有時你會捨不得睡，因為睡前是如此的放鬆，好希望一直擁有這個時間；同時又迫不及待想趕快天亮，只為了早餐那杯香醇的熱咖啡牛奶。這些時間都很短暫，但當那一刻來臨，心裡自然會泛起一股非常滿足的喜悅感。

　　當我一個人漫步在清晨的花園時，每次都能感受到前所未有的舒暢，被花擁抱而有了幸福的感覺；當夕陽西沉，心也會跟著沉靜，看著橘紅色的火球在面前漸層落下，那是在告訴你，身體也要休息了，心靈要回到身體裡合一，夜晚是修復身心靈的時刻；每一個都是單純的片刻時光，在當下卻是雋永，心靈因此

而有了豐盛的饗宴。

　　每隔一段時間心靈總會告訴你需要獨處，不知道為什麼，就自然的走向了田園，這是一個可以清理思緒，讓自己回到真空狀態的地方，會有一種從內心自然泛起的祥和感，並且一個人獨處是最能作到全然自己實相本質的面貌，沒有做作、沒有虛偽、不用面具，可以跟小狗說話、可以跟樹說話、跟花說話，可以恣意的言語、縱情的笑。

　　這兩天特地跑去台北的華山文創園區，看美國繪本家—塔沙‧杜朵「一個人的田園生活」，光看片名就覺得與我的生活相近，因而好奇當我八十歲時會是什麼樣子？迫不及待想要去看這場電影，因為不是商

業電影，台中完全沒上映，而台北上映的時間也很短，非得立馬加鞭去看才行。與莊主一早開車去搭高鐵、轉捷運，兩人當天來回，這兩張電影票所費不貲啊！細細品味這齣電影，說不上好看或不好看，而是感動吧！

30 幾年的田園生活用 100 分鐘演完，其實是「說完」，因為是記錄片，主角口述她居家生活，從廚房到客廳，再到她創作的工作室，場景同時帶到一個種滿花花草草、種滿樹木、養幾隻小動物的大院子，經過春夏秋冬看到色彩變化，不同的景緻，春天的鬱金香、冬天的皚皚白雪，眼前所見太美麗了！

我太清楚這樣的美麗，大自然所散發的魅力很難抵擋，如同蜜蜂對花的不可抗拒，太誘人了。美麗的大自然真實存在，但美麗的背後，看不到的其實是更多孤獨與寂寞，因為自然的獨特是每天都不一樣，必須用孤寂來換取，用時間來等待，才能得到自然的美麗回饋，才能藉由自然啟發自性的一面。她是個繪本家，不難理解需要這樣的環境才足以創作與自身生命反差的故事，徹底的孤獨成就心靈絕對的豐盛，這幾乎是每個藝術家的使命，不夠清澈的水是無法成為鏡像，看不到水中物也看不見自己，唯有明心才能見性，也唯有將自己放在大自然的天地裡才能除去世俗的繁瑣，創作出非世俗的作品。

從她的繪本，充滿了天真與幸福，及熱鬧的氛圍，與自身所處孤寂環境，形成強烈對比來看，相信她將自己置身在創作的角色裡，是繪本中的每一個主角，人生何嘗不是一連串劇本所組成，是要自己寫？還是由他人寫？她編排了自己的生命劇本，並且，每一本

皆充滿了對生命的熱情與愛，這點相信也是許多熱愛田園生活的人的共同特質。生命的存在不一定只是在表相過生活，由心靈在不同層面中品味何嘗不是生命的延伸？

愛「田園生活」的人多半是孤寂卻心靈豐盛的，它沒有熙來攘往的喧鬧，有的只是蛙鳴鳥叫，風聲雨滴，夜晚寂靜，白天依然寂靜，唯有嚐過這種生活，才能切身體會箇中的美麗與孤獨。

＜美麗與孤獨＞
徹底的孤獨只為那美麗，
滿春的綠，
滿夏的藍，
滿秋的黃，
滿冬的白，
美麗的代價是那孤獨相伴啊！

大冠鷲

　　這裡的天空住著一個大冠鷲家族，天氣晴朗時牠們會出來覓食，最多時曾一次看見五隻，總是在半空中盤旋又盤旋，鳴聲嘹亮「忽悠～忽悠～忽悠～」此起彼落，我已經能辨認牠們的叫聲，有時牠們飛的很低，我想是看到美食了；有時會和牠們揮揮手，我想牠們也能辨識我了，才沒誤認我肥滋滋的手臂是舞動的蛇。

　　喜歡看牠們遨翔天際的英姿，沉穩又具侵掠性，看到獵物俯衝的瞬間有一股爆發力。聽到牠們的叫聲很自然會尋找牠們的身影，就像聽到家人的聲音會不由自主抬頭一樣，也許在林間，也許在山谷，因此不是每次都能尋聲見著。每次都是遠遠的望著，總想，

若能近距離仔細看看牠們多好，想著，想著，一天，一隻大冠鷲就緩緩從屋前低空而過，第一次這麼清楚看見牠的身形，連白色翼帶都清晰可見。大自然就是這麼奧妙，當你想認識牠的時候，牠會用牠的方法讓你知道！

最後，那尾跑來拜訪的阿里山龜殼花的命運是在驅趕不成之下，被莊主用竹竿勾起遠遠拋向天空，蛇騰空翻轉的那一幕太經典了，像慢動作一樣，就只差沒被大冠鷲一口銜住。

下篇：與死亡相伴（三）

　　我陪小魚坐上棺車到殯儀館，看著她入斂，陪她坐上禮車去化掉她的臭皮囊，再抱著她的骨灰甕，坐上莊主的車，送她到我為她選的位置晉塔，一路上陪她聊天，寸步不離，她緊緊跟著我，一如生前，有我在的地方她就不怕了，我知道小魚一直靜靜的在我身旁，那是一種默契。

　　這場佛事我很清楚沒有行禮如儀，沒有請法師來誦經，也沒有告別式。每天的靈堂只有我的鮮花素果，只有我唸經迴向給她，靈堂前的照片也是我用 A4 紙彩色列印的，整個儀式很簡單、很安靜又很低調，又很像在扮家家酒。但知己就是知己，貓膩在一起就高興了，一如她生前的克勤克儉，能多留一塊錢是一塊錢給她養父母，這場佛事我打理了一切，用至誠至性的心陪伴著她到最後，因為懂她，也因為佛法的寬容，只有莊嚴，沒有禁忌，沒有罣礙，停大體的佛堂、殯儀館、火化場、納骨塔，所到任一處，我身上沒有帶佛珠、沒有符紙、沒有芙蓉艾草，不是在挑戰，而是落實印證佛法在我們的心中：無罣礙，故無有恐怖。甚至火化的前一天，我獨自在殯儀館像往常寫作業一樣伏在供桌前，打算陪她最後一整天，泡杯茶，為她誦經，和她聊聊天，告訴她明天就要火化，別眷戀肉體了，偶而看著她的相片發呆，不相信時間可以這麼不著痕跡帶走一個人的生命。

　　回想她這一輩子太短了，好不容易考上師資班取得**教師證**，人生才正要開始，計劃著存錢買車載爸媽去玩、要跟我一起出國旅遊看世界、要跟我學作菜以

後好嫁人；挑對象一定要在台中，方便就近照顧父母……躺在病床的她，最後心願是「公主抱」，像王子抱起公主進入洞房，還要轉圈圈，你說，她對婚姻沒有渴望嗎？這輩子留下太多遺憾走了。她生平第一次坐飛機是在生病的第二年，我帶她去澎湖看海，那天澎湖的天空好藍好藍，她走了好長好長的路，流了好多好多的汗，以為自己病好了，不久卻像隕落的流星，那年年底癌細胞就復發了，身體開始每況愈下……思緒回到殯儀館，看看兩旁都是年長者，我雙手合十，告訴他們這是我的好朋友，黃泉路上請多照顧，別讓她落單，她會怕，拜託了。

一直到晚上八點，天完全黑了，整個殯儀館突然間都沒人，宛如一座幽城，放眼望去滿是看不到的靈在平行的空間中游移著，我們不斷在生與死的界線踩踏，幽冥兩界各自進不去也出不來，我知道生命的本質不在抓住什麼而在放不下什麼。生者放不下死者，死者放不下生者，於是在同一個時間不同空間裡，兩者互相尋找著就站在面前的對方，卻怎麼也看不見彼此。

我彷彿聽見妳的嘆息。

桌上有一本妳密密麻麻的筆記，是妳記錄生病時的心情，我翻閱著，當下的我覺得好無助，整個人像虛脫似的，腦海泛起「我生病了，應該要去看醫生」的念頭，心想，大概是最近太累的關係吧！托著腮幫子無力地繼續看筆記，翻到下一頁，映入眼簾的第一句竟是「我生病了」，一瞬間像觸電般，我馬上從椅子上跳起來，莫非妳來了？我環顧四週，伸出雙手在空氣中胡亂的以為能抓住什麼，像時間靜止般，我怔

住了，妳應該就站在我面前，同我一樣伸出手想抓住這一刻吧！我們的心是相應了，但幽冥永隔，我們同時垂下手，佇立著。我如在滔滔大海聽見佛菩薩傳來～「放下」，唯有「放下」生命才得以重生啊！

　　隔天一早就要送妳去火化場羽化，真的要告別妳了，雖然明白生命的輪迴就像花開、凋謝、結果一樣，但內心依舊惘然若失，這一轉身就來世了。於是，寫了一首詩送別妳。

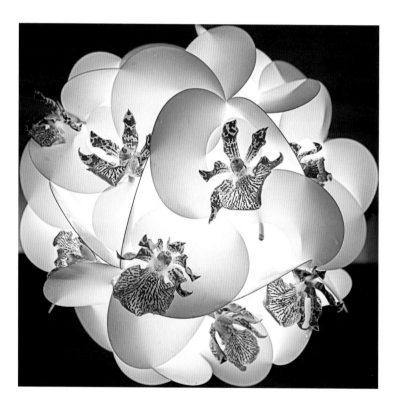

● 軛瓣蘭

〈別了〉
別了。
花瓣，落纓繽紛如雨下，
該妳，隨風而走了。

心揪住，
不捨妳的身體如枯葉落下，直直，直直，
在低空，盤旋又盤旋，遲遲，遲遲。
妳停佇在我的腳邊，
想陪妳久一點，再久一點，
妳的呢喃是我的名字，
從清楚到模糊。

突然，妳潰堤的淚水如狂風驟雨，
剎那，妳翻飛飄零在無極的穹蒼。

是的。該妳，隨風而走了！
妳的淚，風也一併帶走了！

極樂世界有妳，
從此，不再有痛。
微笑吧！
如盛開的花朵綻放妳的臉龐。

　　陪她走進火化爐的那一刻，依民間習俗在她的棺前告訴她：「火來了，快閃開！快閃開！」我不明白一個人的靈在生命終點多久後仍會有意識呢？如果靈是有意識的，那麼太殘忍了！我寧願這只是一句咒語，一句超渡的咒語，助她加速前往極樂世界。她的靈識

已經脫離了肉體是不會有疼痛感，也不會有恐懼的，剎那間，想到金剛經裡一句話「一切有為法，如夢幻泡影，如露亦如電，應作如是觀。」也許此刻的她正和我站在一起，觀看著她的軀體被熊熊烈火焚燒殆盡，這些日子如同眼前的電光火影一瞬間帶走了過去，有一種灰飛煙滅，人生如夢般的觸動。

● 莫氏樹蛙在花瓣中午睡

　　這一路走來，我得到許多，因她開始接觸佛法，開始聽經聞法，對宗教有了信仰、有了敬畏，以前不懂為什麼要為下輩子而修持，漸漸地懂了，也知道這輩子是要為三世的因緣而修持，過去世、現在世、未來世。妳說，未來世的好怎會記得是這世修持來的呢？我說，會知道的。因為過去世的修持已經反應在現在世了！現在世的修持，一是消衍過去世的業力，二是增添未來世的福份，三是為現在世的因緣果報行善根福德。我倆若不是過去世的某種因緣，又怎麼會有這世生死相扣的果報呢？莫非你真是菩薩示現來著，要

讓我修持生與死的課題？！讓我切身感受瀕臨死亡的絕境後又重生，藉此走進－虛空有盡，我願無窮，情與無情，同圓種智的境界。這一趟與死亡相伴的旅程原來是生與滅的鏡像。

這不單是她人生的最後課題，也是我人生的課題，人從出生的那一刻就開始倒數死亡的來臨，當真面對死亡時，是不是真能了然於胸？我沒有把握，但我何其有幸能在身體安康時，赤裸裸接觸死亡，這麼直接與死亡相伴，那前後並不容易，尤其在面對恐懼與自己內在相處時，強壯自己的心量是整個過程中很大的學習，很殊勝的一件事。若不是佛菩薩的支撐與諸多善因緣的助力，我想，這場佛事光憑我一個人的力量是不會這麼功德圓滿的。

「心念」一直是這件事很重要的支撐，從一開始與她討論生後事，內心就祈求一切順利並且希望在能力範圍內為她支付這筆喪葬費用，這個想法很強烈一直沒斷過，最後竟也意外如願了。

在小魚中陰身的四十九天裡，我持續為她唸經迴向，這四十九天裡，我沒有夢見過她，我多希望能在夢中抱抱老友，拍拍她的背告訴她要多保重呀！也許到了另一個空間她依然記得我們在她身前的玩笑話：「以後妳想念我，來看我時可別現形嚇我哦！」她說：「放心啦！會躲著偷偷看妳，不會讓妳讓看到我。」也許如她所言，她偷偷的來看我了，只是沒讓我發現罷了！

生前她總是謝謝我陪她一路走來走完，記得有一次的對話，她對我養的老狗用很溫柔的口吻說：「你

下輩子要投胎去當千金大小姐哦！不要跑錯道了。」
我在一旁聽了好笑：「你不想自己去當千金大小姐，
倒擔心起牠來了。」我跟老狗說：「以後咱倆一起在
山上作迎風搖曳的兩枝花。」小魚看著我，認真的說：
「下輩子我要來報答你。」我心揪了一下：「太沉重了，
不要……」不要乘願再來了。

第五章　小暑

2017.7.7 ～ 7.21

・上篇：天氣與心境／同學會
・下篇：花園遷徙（一）

上篇：天氣與心境／同學會

 天氣與心境

近30年的同學來山上體驗兩日「山居生活」，我帶她逛逛花園，在山嵐裡漫步、在晨曦中用早餐、在露台賞雨喝下午茶、豔陽下躲在屋裏午睡，天氣變化萬千給了我們不同的感受。

山居生活很多時候都是在跟「天氣」過日子似的，「天氣」決定我們一天的行程與工作，也影響我們的心情。太熱不下雨傷腦筋，植物最需要雨了，而人在大太陽底下工作會頭昏，正好藉此偷懶；下太多雨盆花受不了，人也出不了門，又可以偷懶了；若剛好整天都很涼爽，就好高興可以一直在戶外閒適著；若一整個籠罩在山嵐裡就更棒了，那是老天爺賞賜的絕佳天候；有時也會被天氣給騙了，它會連續幾天的悶熱，一到下午就開始雷鳴，一直雷鳴，像老天爺在生氣，讓你以為就要下雨，趕快收拾細軟準備要跑了，最後，雨就是沒下來；要不就是滴了幾滴就停水似的，被騙了幾次後，當你不再相信老天爺時，他就下雨了，跟「天氣」過日子就像在玩捉迷藏一樣，有時你以為是「天氣」左右行程，其實是「心境」主導腳步，「天氣」是假象，「心境」才是實相，在假象中過日子，其實是漸步的在與天地達成和諧。

同學沒體驗的是勞務工作，山居生活多半時候是在勞務，並沒有想像中的悠閒，喝下午茶、看雲海、觀落日、賞花，這是上天犒賞你勞動後的福利，很多時間是在除草、種植，在大太陽底下勞動，弄得滿身大汗，甚至髒兮兮的，日復一日同樣的工作，寫一日

就等於寫一年，但生活不該如此，若因為工作，而忽略了山中的美好，那不是我離群索居，特地跑來這裡要過的生活，反而是為了要感受山中的美好而到此工作才對，這樣的工作讓我體會到「心境」才是生活的實相，心境讓山居生活的每一日有了不同的變化，並且是有趣的。

　　當我們行經水缸時，看見「土豆」又泡在水裡了，我順勢指著牠，跟同學介紹，「土豆」是一隻奇怪的小狗，從牠流浪到花園定居後，牠的行為似乎沒正常過，老愛打翻飯碗，將飼料散落一地、每天都要跳進水缸裡泡澡一次，不知牠在想什麼⋯⋯知道我們在說牠，竟悻悻然起身，抖抖身子走了。

　　走過一排黃楓時，不經意發現一個綠繡眼鳥巢，牠選了一棵最紅的楓樹築巢，可見牠是愛美的，我們端詳這一個精緻的小鳥窩，乾草加青苔，編織工法很細膩，完全不透光，小到只有一個乒乓球大小，約5公分直徑，想像牠窩在這裡孵蛋的樣子，一定很可愛唷！希望哪天可以遇見小小的牠。

　　同學看著我用電鍋炒菜，嘖嘖稱奇，我自己也覺得了不起，洋洋得意起來，尤其煎蘿蔔糕，能讓外皮「恰恰」（台語很酥的意思），這可是不能控制火候的

電鍋唷！完全得靠真功夫啊！我愈說愈得意了。過去只會用瓦斯爐煎煮炒燉，從來不知道可以用一只電鍋無煙料理三餐。說起這瓦斯管線就怪了，師傅們來來去去，就是沒有一個人把我說「瓦斯不能用」這件事當回事，終於連我自己也放棄了！人總有求生的本能，於是開始了電鍋料理，這也算是另類的「逆境使人成長」吧！

我們走著吃著睡著，一直聊著不同階段的回憶，我說，此時是我最快樂的人生歷程。

 同學會

這裡的初夏有我大學的記憶，猶記得在屏東內埔念書，一到夏天，整個內埔彷彿沉浸在檳榔花的香氛裡，那時騎著機車，穿梭在大街小巷，可以感受到空氣中滿是甜味，就像青春生命的甜美一樣，隨風飄逸的裙尾捲起檳榔花穗的芬芳，那是一直未曾忘記的味道。多年後，這個味道又在我生命中散發，滿園的檳榔花香，沾滿隨風飄逸的長髮，味道一樣甜美，生命一樣青春。

青春的生命總會在開同學會時再度燃燒，不論開什麼階段的同學會，很自然地時空就會拉回到那一個時期的歲月。

莊主兩天一夜的大學同學會選在「花舞山嵐農莊」舉辦，沒想到小地方卻吸引許多同學到來，攜兒帶女，近三十人，前所未有的訪客人數，將溫室炒熱到最高點。每個人都年過半百，但大學魂是回來了，大夥對話就像回到學生時代一樣，充滿著青春洋溢與逗趣，彷彿經歷三十幾年的變遷，對這群早已變型的中年大

叔大嬸來講，只是為了要更加確定自己有過騎乘追風時的帥氣與飄逸。

從一早的集合地點開始，同學陸陸續續到來，每來一張嘴就像來了一隻麻雀一樣，吱吱喳喳的聲音愈滾愈大聲，不相信自己耳朵怎麼都聽不懂他們在說什麼呢？突然都成了蜂言蜂語，一整個嗡嗡作響。

中午吃了有名的雞肉飯，下午走馬大凍山，緊接著又到奮起湖逛老街，一群大齡孩子像遠足似的，打屁推拖拉，走走吃吃，嘻嘻哈哈，買點伴手禮，左一包右一包，嘴巴沒停過，時間不覺竟然又到了晚餐，我的天呀！這場同學會更像餵食秀，一頓晚餐兩個小時還是不夠，好像這些大孩子永遠吃不飽似的，一大把一大把食物往嘴裡送，同時不忘說著遠古的往事。莊主手指著這個人、那個人，最後點到自己大肚上，說：我們三人是大學時代公認的帥哥。我怎麼看眼前這三位又是挺著大肚子又是微禿又是眼袋下垂，這……這……要我怎麼相信是當年的三帥呢？

至於誰追誰、誰愛誰、誰不愛誰，都在笑鬧聲中被淹沒了。

學生時代的情感是最純粹單一，工作上的勾心鬥角、爾虞我詐，當學生魂一上身，無論半百或七十，無論士農工商，當下都回到最初最美的本我了！

山裡的餐廳只為我們開，因為是鄰家餐廳，沒有招牌、沒有營業時間，這是山裡的特色，左鄰右舍的朋友來了，若想上館子，到市區總是要段路，於是衍生了鄰家廚房就是大家的餐廳，多半是口耳相傳，所

有的食材都是在訂位後才特地去採買，餐桌上的鮮魚是老闆自己用山泉水養殖在家園裡。因此，整個餐廳就我們這組人，我們離開，老闆就可以收攤了，明白山裡人早睡，兩小時左右我就打發這群「大學生」走人，沒想到，腳是動了，嘴巴還是沒停過，繼續講到民宿，至於講到幾點？不得而知，我已經不支倒地了。只知隔天一早，見著了大夥又是一陣吱吱喳喳，我真懷疑這群人是不是連睡覺都在說話呀？！

這些大齡同學隔了三十年，感覺又放了一次暑假。我想同學會之所以迷人，是因為只有這群人記得當時正青春洋溢的自己。想想，記得 20 歲臉龐的你有多少人呢？回到與這些人一起三八的過去日子是再自然不過的事，沒有矜持與驕柔造作，那是不管 60 歲、70 歲時都可以一起回去重溫年輕歲月的一群人啊！

64

＜記憶＞

只有你記得我十九算的模樣，
那鎖在青春的記憶是奔騰的蒼狼，
衝不出緊閉的軀體；
只有青春記得我十九歲的模樣，
那鎖在我的記憶是不變的青春，
為你馳聘的十九歲；

記憶，總是為你停留在那青春，
只有你記得屬於我們的曾經。

下篇：花園遷徙（一）

　　從小到大，我搬了 21 次家，除卻童年的三次由不得我之外，其餘 18 次可能是血液裡的「流浪因子」在作祟，有時覺得人生就像在玩大富翁，買房賣房、賣房買地、買地種花、前進後退，三不五時還走到「命運」、「機會」的抉擇，讓你的下一步舉足為艱！

　　累積了這麼多次搬家經驗，為的是這一次花園搬遷：兩萬多盆的花、一個大貨櫃屋、一個小貨櫃、五棵樹，兩隻狗，這是我生平最大的一次搬家工程。為了這次花園搬遷著實傷透了腦筋，天真的問了搬家公司，多半回覆這不屬於搬家的範圍，只有一家回覆算趟次，這一算，簡直是天價呀！於是打消這念頭；又問貨運行，貨運行的回覆也是不便宜，並且都只能定點放置，不負責排列整齊，這萬萬行不通，一堆盆栽擠在一塊，那還得了！到時一樣得找人排列整齊，心想一座花園搬家非得找一個全職的人不可了。

　　在找人搬遷這件事上，我意念很強，如同在「與死亡相伴」一文裡，那時一心一意要辦好友人的終生大事一樣，這兩個階段都是我意念非常非常強的時候。2015 年我開始持咒約半年，那時候，每天不間斷觀想著這片土地，持咒半小時，祈求整地工程一切順遂平安，祈求花園搬遷能順利進行，也祈求我有一顆無畏無懼的心，可以勇往直前。現在回想起來，都還感受得到，當時因為無力感而需要借助外來力量支撐自己的心念，走過那段無以為靠的階段，那股毅力是後來自己回頭看都覺得不可思議的。

　　2015 年七月，從開始整地也已經兩個月，有部份面積可以使用，是可以開始搬遷了，時間的掌控與一鼓作氣在當時就像候鳥南遷一樣，是時候了！於是刊登求才廣告，很快來了一位何大哥，他簡直是上天派來的使者。那時原承租地已經不再管理，放任雜草蔓延，竹子搭建的工作室也三番兩次受風雨打擊而漸顯殘破不堪，加上鄰地又開發，原有的屏障已被鏟除，整個路面殘破不堪，幾乎已接近廢墟的程度，此時已到了不得不整個撤退的階段。

　　於是，何大哥一到，我和莊主兩人先從大貨櫃撤退到現在的「花舞山嵐」基地，將至少還能住人的大貨櫃讓給何大哥居住，由他來接掌原承租地，開始了花園大遷徙的工程。

　　那時，我們還沒有小貨車，只有一輛還能派上用場的箱型商用車，這樣的車並不適合用來載植物，因此何大哥偶而會開玩笑，沒有一個農工可以像他一樣開高級休旅車載盆栽的。一開始以為只要一個月就可以搬遷結束，或許可以不用添購小貨車，但事實證明，時間是不夠的，商用車一次載的數量不多，而盆栽到了新基地，擺放前，地面要先鋪抑草蓆，並且固定，放置盆栽時要同時排列整齊，瑣碎事不少，一個月下來，與預期的進度相去甚遠，這時不得不考慮買輛小貨車了。兩個月後，小貨車來了，何大哥如虎添翼般，重點是他的心情也好多了，因為商用車沒有四輪傳動，非但沒有助力還是一種阻力，天候不佳時，路面打滑是經常有的事，常常搞得他不開心，自從有了小貨車後，進度明顯加速了不少，他的笑容也多了。

　　在盆栽搬遷的同時，大貨櫃的基地已成形，輪到

它搬遷了，何大哥也正式從大貨櫃撤離。大貨櫃是兩個 30 呎貨櫃併成一個大屋子，裡面隔成四間，分別是兩間房間、一間客廳、一間廚房，要搬遷它，得先將屋裡的所有東西清空，何大哥這時又扮演起搬家的角色了，床、沙發、洗衣機、桌子、椅子等，所有家當先一一載運至新基地；屋裡清空後，首先上場的是鐵工，須先將大貨櫃分解，屋頂一片一片取下，骨架一一拆除，又回到兩個 30 呎貨櫃了，鐵工拆解大貨櫃後，裡面的內裝完全是破壞殆盡了，眼前它就是一堆廢鐵罷了！

　　接下來換拖吊車上場，承租地與新基地距離三公里，是縣道，說遠不遠，但對一個龐然大物而言，縣道的路面不寬，若遇到會車是很麻煩的一件事，三公里，不塞車不會車，半小時能到就算快了；還有承租地與新基地的入口，都不是很大很好轉彎的地方，一上一下，光是進來出去就耗費多時。而最耗時的是將一個貨櫃吊起又放下的過程，四條鋼索拉起一個重約 3 噸的貨櫃，然後要四平八穩的放置在吊車後斗上，再安全固定住，光「起」這個動作，一個貨櫃至少搞一個小時，而眼前有三個貨櫃在等著運輸，到了目的地，要就定位，更是馬虎不得，這重達 3 噸的大鐵箱一旦放下之後，可不是三五人可以挪動，而且一放下就是它的一輩子，除非再搬遷，是不會再移動了。因此「落下」的動作是所有動作中最費時的，最起碼不能是歪的，所以我必須站在一旁確認落點是否如我所意，好像貨櫃在等我回答「是不是願意嫁給他」一樣，一直到我說「是」的那刻，就大功告成了！

　　三個貨櫃從早上 10 點開始到晚上 9 點才全部就定

位，但還差一步，就是新購置的二樓小貨櫃，必須等一樓貨櫃接合後再作吊掛。現在，鐵工又要回場上了，把之前分割的貨櫃及拆解下來的肢體再一一焊接回去，趁此機會，我將原先的四個空間全刪除，變成一個大空間，讓貨櫃屋有了全新面貌。

併接好幾天後，吊車又再度回來，將新購置的紫色貨櫃吊置二樓，四平八穩後，終於退場了，換鐵工再度回來將上、下兩層的貨櫃緊緊焊接固定，終於鐵工也可以離場了！如果用快轉鏡頭來看貨櫃的拆遷，會覺得有趣，就是兩組人一上一下、一進一出，破壞再建設，而此時貨櫃裡是一片狼藉，這點，著實讓我頭痛了很久。

貨櫃搬遷前後搞了兩個月，主要是鐵工先生分身乏術，搬新家跟結婚的案件要優先處理，而下雨天無法焊接，連工人請假他也要跟我請假，總之，這兩個月讓何大哥吃足了苦頭，也讓他很不開心。因為完全沒電，晚上他只能靠點蠟燭突破黑暗，煮東西要到另一區的戶外用電，洗澡只有冷水，他的房間被吊到二樓，卻沒有樓梯，他砍了兩根等長的檳榔樹幹，再找來木條，作了樓梯上下，這個階段他彷彿回到了原始生活。

大 暑

2017.7.22 ～ 8.6

・上篇：絡繹不絕的訪客
・下篇：花園遷徙 (二)

上篇：絡繹不絕的訪客

　　七、八月是農莊較為清閒的時候，卻是訪客最多的時候。經過春天的栽種、除草後，勞務工作似乎是可以告一段落，讓農莊休養生息，人的身體也不在酷熱的太陽底下工作，藉以恢復生機，但不勞動不代表就清閒了，現在可是暑假呀！兄弟姐妹、親朋好友就屬現在最有空閒帶小孩子到處玩耍，而我這裡可是絕佳的避暑勝地啊！

　　高中同學來住三晚，三晚截至目前為止算是歷任訪客中住最久的，並且是最像來渡假的。有趣的是，她說，這趟小孩帶作業來作、老公也帶作業出門（博八）、不巧我也有作業要作，而她的作業就是監督我們這三個學生，有沒有認真做作業，我說，我們這一團應該直接殺到圖書館泡三天的呀！

　　來的第一天，我問他們有沒有要去哪玩？他們說，就是來我這兒玩的呀！所以，除了去阿里山看日出外，其餘時間一家三口都在園區裡吃喝拉撒睡以及曬風景。第二晚，在我的推薦下，他們一家三口決定凌晨一點就出發前往阿里山看日出，雖然我也三年沒去看日出了，但根據統計，之於國人平均十年看一次日出而言，我至少還有七年的寬限期，所以，我寧可賴在被窩裡，而不願披星戴月去看日出。一直到下午兩點，他們一家人才回來，這一趟對他們而言，是太值得了，小孩是第一次上阿里山，兩位大人都超過十年未曾再造訪，他們很興奮，滔滔不絕向我報告所見所聞，直說太美、太棒了，我沒去太可惜了！還告訴我，當地人對他們說，秋天的阿里山最美，值得再來，這點倒是引起我

的興趣，秋天，確實是一個美麗的季節，尤其對山林而言，顏色的變化就屬秋季最為多層次，而我也從來沒有在秋天造訪過阿里山，於是，將這個行程記在行事曆上，與秋天有約了。

　　對於生活在台北的他們而言，來這裡住四天，是太享受了，還沒回去，小孩就在問下次什麼時候再來？至於作業嘛，顯然只有小朋友每天認真的練習拉小提琴，在大自然裡，又多了琴聲悠揚的樂章。

　　送走同學夫妻，緊接著莊主學弟夫妻來，短暫停留，還沒送走第二組人，下一組人又到了，完全無縫接軌三組人馬。第三組就是我的家人，兄、姐一行九人，這兩家人一副就是來玩 cosplay(角色扮演) 的。

　　一抵達農場，天空晴朗，萬里無雲，有人提議要逛逛園區，好主意，這確實是個值得健行的好天氣，我行前講解，要大家出發前作好防曬與健行裝備，這一走怕是一個小時以上了，稍息解散後，果真是一家人不做兩件事，一陣窸窸窣窣後，哇！不得了，找到雨鞋的穿上雨鞋、找到斗笠的戴上斗笠，沒帶長袖的戴袖套，防曬乳塗得油光滿面，個個粉墨登場集合了！還有、還有，每個人的手上還不忘拿根打草棒，有的撿木棍，有的拿鐵條，有的拿雨傘，大家的裝備真的都很齊全，太搞笑了！這樣的裝扮還非得要一家人作不出來呐！以為可以上路了，還沒，因為還要分別跟「農莊主人」來個合影，分別的哦！這……這……這也太入戲了吧！完全忘了我是他們的妹妹，一陣混亂後，終於，大家高舉手上的工具齊呼「出發！」莊主則扮起巡山講解員帶隊前進。

71

我們來到水源地，這是非常值得介紹的，大地最怕沒有水了，一塊地擁有了水源就確保這片土地的作物能永續成長。我們的水源出處並不大，適巧位在高處，在秋冬的枯水期只是涓涓細水，甚至感覺不到它的存在，但夏季多雨後，它就像個瀑布般，嘩啦嘩啦直洩而下，形成一條又長又白的絲絹，相當漂亮。近來雨水不少，水源豐沛，站在水源旁已能感受到水氣所帶來的涼爽，大夥紛紛探手，異口同聲直呼冰涼啊！天氣正熱，這無疑是消暑的最佳時刻。

　　當我用山上的水泡茶，總覺得特別好喝，是純水，卻是甘潤的，而莊主平常就喜歡釀清酒，或作米酒自娛娛人，好朋友來訪時，總愛斟上一壺自製酒，以聊表心意也趁機炫耀一下，自從用了山上的泉水後，更是逢人就講古，講這個水質如何如何影響酒質、山上的低溫是天然的酒窖，啪啦啪啦說得活像在賣膏藥似的，就只差沒敲鑼打鈸吆喝了，聽眾個個點頭如搗蒜，

被他唬得一愣一愣的，都快以為是神水了，我也只差沒舉牌開始叫賣。但無論如何，水好喝是真的，以前從不覺得白開水這麼好喝，自從住山上後，才開始品味純水，開始品味生活，開始品味人生，原來清透的水，如同生活如同人生，只有回歸到最純粹的樣貌，才知箇中的甘潤。

晚上，一家人在溫室晚餐，豐盛的食物，加上莊主的自釀酒，姐姐的麥克風加上外甥女的吉他，大夥飲酒作樂，載歌載舞，整個屋頂快掀起來了，好不熱鬧，就在一群人割喉戰的同時，一隻疑似蝙蝠的飛行物直撞著窗戶，不久就停住了，定睛一瞧，哇！來了一個最美麗的訪客，身著色彩豔麗的華服，是世界最大的蛾－皇蛾，這是牠第一次造訪農莊，太令人驚豔了，是我們熱鬧的歡樂聲將牠引領至此吧！同樣的，我們的尖叫聲也將牠給嚇跑了，沒能與牠合照是大家最惋惜的。正當大夥情緒來到最高張時，竟停電了，一陣嘩然，像從雲端跌落谷底，瞬間安靜到只剩青蛙呱呱叫。

一直到隔天傍晚才來電，未曾有過停電這麼久。沒電，在山上是很挑戰的感覺，當冰箱裡一堆食材漸漸地退冰、當一個一個手機漸漸沒電，而天氣卻越來越悶熱，唯一能作的就是～吃吃吃。昨天晚餐吃到 11 點，一早睜開眼睛就開始上菜，像辦流水席，最愛吃的訪客，大概就屬我家人吧！一家人從見面到說再見，食物在嘴巴裡沒停過，充分展現一家人不作兩件事的超級團結。

因為停電，取消原本緊接著要來的第四組訪客，好像賺到一天「停電假」似的，居然鬆了口氣，終於

可以好好睡一覺了。這一覺醒來又是一組訪客到了。

　　莊主同學夫婦帶來各式各樣的好酒和高貴的麵包，心想再好的酒也不能一早配好麵包呀！好麵包要有好豆漿才是絕配，於是昨晚很認真的用傳統作法：果汁機打黃豆，再用粿布手擰黃豆渣。一早再用電鍋煮滾，不小心倒有了燒焦味，真的煮出了傳統的好味道，兩倍濃縮豆漿自己都覺得前所未有的好喝，太成功了，果真配得上得獎麵包。

　　我想，我至少有 100 年沒做豆漿，前提是我必須要 200 歲了！呵呵。為了讓大家體驗美麗的山居生活，我是招數盡出，所有的拿手絕活都使上了，想得到的悠閒時光一刻也沒浪費，露台的咖啡早餐、櫻花樹下的下午茶、溫室的燭光晚餐、作愛玉、作豆漿、打果汁等，可說是費盡心思，這一週連睡覺都夢見在作料理，招待一組又一組絡繹不絕的訪客啊！

下篇：花園遷徙（二）

　　輪到兩隻狗搬家了，當小狗看著牠們看守的花一盆一盆被載走，連貨櫃也被吊走了，牠們依然守在舊園區，我以為最後的時候牠們會跟著我跑，錯了，大錯特錯，完全不是那麼回事，牠們只是站在門口目送我，就像往常我離開一樣，牠們並不想離開「牠們的家」，任憑我怎麼喊牠們的名字，都是枉然。

　　山上兩隻狗一隻叫「黑輪」、一隻叫「憨吉」，都是收養的，從小就帶來花園，一直以花園為家，從沒綁過牠們，兩隻小狗並不親人，是自我保護型的，我們也從不刻意要拉近與牠們的關係，甚至覺得牠們做得很好，畢竟不是關在家裡的寵物犬，不是抱在懷裡疼的小狗，對人類有防衛心，對牠們而言是好的，哪怕我是牠們的主人，不與我親近，我一樣很愛牠們，而牠們與我親近的方式就是晚上會睡在我房子周圍。喜歡看牠們盡情在大自然裡奔跑，享受園野樂趣，相對的，危險性就增加了。

舊園區

有一天，憨吉一直到下午仍不見狗影，只見黑輪獨自徘徊，猶記得那天是年假期間，羅姐(原花園主人)到山上小住兩天，而我回台中過年，兩三點時她來電告知，因為不見憨吉回來，她問了黑輪，黑輪帶著她往竹林裡跑，找了一段路，完全沒有著落，但她相信黑輪的聰明。當她更深入竹林時，果不其然，聽見狗的呻吟聲，尋著聲音竟又是往回走，看見憨吉就躺在往回家的方向，羅姊走近牠，看見牠的前腳被補獸夾咬住，顯然是扯斷補獸夾拖了一段路，想跑回家已經沒力了，而倒臥在路邊。

憨吉是一隻很強壯的大狗，羅姐想將補獸夾解開，又怕會被牠咬，一旦試著伸手過去，牠就發出低鳴的怒吼聲，羅姐再度來電並說明情況，問我能否帶麻醉吹箭去。「麻醉吹箭？」一聽這四個字，好像要完成不可能的任務哦！於是我跑了幾家獸醫院，沒人願意賣，才知，這是管制藥品。我想還是跑一趟山上吧！我來解開捕獸夾，憨吉不致於咬我，正準備要出發，羅姐又來電：捕獸夾解開了！她用帶來的牛肉分散牠的注意力。還好發現得早，腳掌只有滲點血，已無大

● 憨吉

礙，終於鬆了口氣。

　　不久後的某天，我們從台中回嘉義，車子一停好，只見黑輪從工作室的桌子底下拖著一個捕獸夾迎向我們，又是一個捕獸夾！當下很不捨，牠是一隻中小型犬，拖著捕獸夾回來，想必費了很大的力氣，躲在桌子底下等我們來，難為牠了。這次黑輪就沒那麼幸運，牠的前腳至少被夾了兩天，我們將牠帶回台中治療，希望能保住牠的腳免於截肢，在獸醫細心診療下，一個月後，依牠的傷口作了最小的截肢，將三支僅剩骨頭的指頭切除，這對身手矯健的牠而言，就像被廢了武功一樣。牠的跳躍力曾經不亞於貓咪，追捕獵物迅速輕盈，切除三支指頭後，腳掌是不能用力著地了，原本個性就像貓的牠，這下更顯孤僻，總是自己遠遠的待著，也幾乎不吠了。但貼心的是，如果我帶朋友逛花園，牠會走在前頭，時不時回頭，看看我們跟上沒，若距離拉遠了，牠就停下，待我們跟上牠後，再繼續前進，等大夥逛完回到屋子時，牠又悄悄離開了。

　　所以，這兩隻狗，生活在大自然裡，對人類有戒心似乎是一種本能，因為人類傷了牠們的心，也因此，很難抓到牠們，為了讓牠們願意搬家，我們可是絞盡腦汁。先在地上放一塊大網子，網子中間放一塊肉，如果牠們走進時，就將網子用力一拉，困住牠們。結果是，黑輪走來看看，然後從網子旁繞過；憨吉，連貪吃的牠都只是走近些嗅了嗅，還是決定離開了。躲在一旁偷看的我們，被自己的愚蠢笑死了，兩隻狗肯定看過不少陷阱，而我們設的陷阱在牠們眼裡，應該是太粗糙了吧！

最後是，趁黑輪吃東西時，從後面突襲，抱住牠；而憨吉則是找來我飼養的黃金獵犬色誘牠，利用美狗計成功的將牠圈住，終於兩隻狗都上車，一起搬家了！

還有五棵黃金檜也是列在搬家的行列，顧名思義，它如黃金般的耀眼，是珍貴的樹木，這五棵樹是羅姐一開始來這裡種花時，同時種下的樹苗，算算至今也十三年，論價值性或紀念性都值得花錢請人移植，只是它還不能跟著大家一起搬家，因為現在不是移植的季節，必須等秋冬的時候才能帶它回家。差點忘了，還有一棵阿拉比卡咖啡樹，也是十多年了，經常結實纍纍，是目前園區所有咖啡樹苗的媽媽，也名列在搬家的名單裡，是何大哥為它請命的，並且自己將它移植過來，用非常專業的移植手法將生命重現。

何大哥是位博學多才的人，尤其精通易經、山脈，剛來時，我問他，都唸到師大附中了，怎麼沒唸大學呢？他回說：「我若寫『大學』你還會用我嗎？」說得也是，當真他寫大學，我還真不敢用他呀！而且是知名的國立大學，只能說他是真人不露相，白天忙完農務，晚上就寫寫書法，看看書，經常是在工作中享受生活，怡然自得，他總說：「浮生若夢，能看著雨後山色或晨光浮動，雖然總是深夜獨坐一山，卻再沒有比這更富足的了。」那時真羨慕他日子過的愜意！有天他傳來自己用書法寫「花舞山嵐」的藏頭詩給在山下的我們，能在山下收到山上傳來花園的訊息有種心安的感覺。這個階段我們還必需兩地奔波，為將來努力賺錢，期待有一天不再為生活忙碌，能愜意的攜手漫步在花舞山嵐裡。

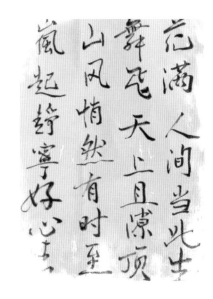

花滿人間當此生
舞飛天上且隙頂
山風悄然有時至
嵐起靜寧好心情

　　花園搬遷的工作約莫進行了半年，歷經七、八月的酷暑，又歷經十二、一月的寒冬，他是花園遷徙的大功臣，沒有他神來似的幫忙，這種大工程移動不會這麼順利進行，由衷感謝何大哥。後來得知，何大哥如願在台東承租到一片國有的農牧用地，開啟了真正屬於自己的天地，照他的說法是「實現了從小的夢想，在我最無助低落的時候，上天終於應許了我的祈禱。」真的為他感到高興，對熱愛大自然的人來說，實現擁有一片土地的夢想是再雀躍不過的事了。

花舞山嵐農莊
阿蓮娜的心靈花園

 立 秋

2017.8.7 ～ 8.22

· 上篇：秋捎來訊息
· 下篇：大功告成

上篇：秋捎來訊息

軛瓣蘭總在立秋開起她的第一枝花，預告花季即將到來，然後在中秋盛開，猶記得去年我在 8 月 6 日剪下第一枝花，今年是 8 月 9 日，你說這花沒腦筋嗎？這日子她記得可清楚了，大自然真奧妙，它管你現在天氣多熱、氣溫幾度，日子到了作該作的，無須理會與自身無關的事，就是盡本份而已。昨還納悶著，怎這時來花了呢？以為是仲夏的軛瓣蘭，太不尋常了，翻閱月曆才發現，原來已經立秋，是軛瓣蘭捎來秋天的訊息，這樣就對了！

一早醒來就聞到軛瓣蘭的香氣，好甜的味道，是這麼的熟悉。昨晚剪了一枝軛瓣蘭，特地放在房裏，就為了今早能被花香喚醒，這花有個特色，只有早上

香，過午不香，隔天早上再香，有個性吧！蘭花很少有香氣，軛瓣蘭正是少數中擁有濃甜香的一枝，中秋過後所有的軛瓣蘭將一起盛開，那時會是滿園的馨香，又可以漫步在花香裏了！期待。

連著兩天涼爽的好天氣，得以到邊坡整理藍果樹和藏柏，兩年了，還記得藍果樹是第一區整好時，我種下的第一顆樹，所以特別有感情，它又叫「童話樹」。彷彿種下我的夢想一樣，內心有諸多的畫面和期待。

藏柏和藍果樹都一個人高了，好有成就感，他們是見證這片土地的開發使者，有象徵意義。

勞動一整天，漸漸地大地就白茫茫一片，已經籠罩在山嵐裡，挺身深呼吸感受天賜的獎賞，這是最棒的時刻！上天總會在我需要深呼吸的時候給我最大能量。有趣的是，黑輪（小狗）跟我同時起身，不約而同也走到了石牆邊上欣賞只有自己才懂的美景。

處暑過後，早晚天氣漸漸涼爽了，一早掀開窗簾，檳榔花香隨風灌入屋裡，醉了！

● 黑輪

其實，真正讓我醉的，是敷在臉上的一片酒粕面膜。酒粕是莊主作清酒留下的，他總不斷嚐試作法，又自己作米麴，東搞一桶西搞一桶，農莊弄得像地下工廠一樣，我是看不懂也沒興趣搞懂，之前的酒粕都倒掉，後來愈作愈多，倒掉覺得可惜，加上旁人不斷說酒粕功效有多好，為了不可惜，只好往自己臉上倒，於是開始了敷酒粕面膜的日子。

　　姐姐問我，它的功效是什麼？我說，美白、細緻、保溼、抗皺、回春等，應有盡有，最重要的是它可以去憂鬱、解煩惱、好入眠，因為一上臉就醉了！保證市售名牌面膜都沒有這樣裡裡外外功效兼俱的啦！覺得自己還滿會賣膏藥的。話還沒說完，姐姐馬上要了一碗回去。

　　於是，在姐妹淘七嘴八舌下，我與莊主又推出了加強版，原先也就是外敷治標，只能回到 38 歲，現在多了「內服」，飲用自製清酒，可以治本回到 28 歲，若外敷再加上內服，保證回到 18 歲，在姐妹淘的聚會中大大賣弄了一番。對平常作息規律的我而言，通常撐不過 12 點，果真在外敷＋內服的作用下，身體與精神都回到了 18 歲，凌晨兩點了還精神抖擻，渡過了開心的夜晚。

下篇：大功告成

　　2015 年的立秋完成了為期 101 天的第一階段整地工程，那時跟著工程的啟動內心也啟動了夢想的藍圖，一步一步跟著怪手前進，前進是夢想唯一的腳步，錢是夢想的推手，而不放棄是實踐的信仰，我著實在夢想的推手上被綁手綁腳，但還是依然前行。

　　第一階段整地的心情很雀躍，每天在兩台怪手的指揮下循序漸進，這兩隻怪手，怎麼就覺得像長在自己身上似的，每挖一勺，就有一種離夢想又進一步的真實感湧現。

　　我像記錄土地成長般，隔三差五寫下工程進度，留給自己一份最初也是最美的筆記。

　　第一天。

　　終於動土了！等了一年，這一天終於到來，整整一年，時間可以耗竭一個人的心志，相對的也可以增強一個人的意志。對我而言是歷史性的一天，內心洶湧澎湃，好像再多的言語都無法道盡這一刻的激動。

　　第四天。

　　檳榔樹一棵一棵倒下，開始看見天空了，好藍。看著石頭一顆一顆往上堆疊，第一片擋土牆儼然成型

了，如果可以像環抱大樹一樣，我真想衝上去擁抱石牆，告訴它：謝謝你佇立在這裡，我愛你。

第八天。

開挖整地順利進行中，有了第一個小平臺，開始想著要種什麼了。隨著土地雛形漸漸分明，很多想法也慢慢了然於胸。但是否均能照著心目中的藍圖實作，有許多不確定性，夢想畢竟天馬行空，不著邊際，但理想卻有諸多現實面要顧慮，連我自己都不知道未來會是什麼樣子，只能拭目以待了。

收購檳榔的老闆，仍不放棄作最後的爭取，要我手下留情，能多留一棵檳榔算一棵，煩得我看見他都想躲了，他一定是檳榔派來擾亂我的說客。

第十九天。

連續下了幾天的雨，工程也跟著停擺。趁機到處逛逛，站在一塊大平臺上，可以看到遠山，想像這裡會有間咖啡館，讓山林間瀰漫著花香、芬多精、咖啡的多層次嗅覺。

第二十七天。

完成了一個大平臺，這塊大平臺將會是我居住的貨櫃屋基地，可以遠眺山巒，還能看夕陽西沉，想像不久的將來，黃昏時，坐在露臺端杯熱茶，等待日落月昇的美景。所以要優先綠化這塊平臺，種下的第一棵植物是藍果樹，春天時葉子是嫩綠色、盛夏時呈深綠色、秋天時變成金黃色，到了冬天就轉成緋紅色，十分多變，因此別名為「童話樹」，感覺就是繽紛甜美的樹，也期望將來「花舞山嵐」能如童話世界般幸福。

下午種下一排童話樹和一排黃楓，是加起來 100 歲的兩人交出的成績單，很憨慢（笨）！才勞動半天，筋骨已經散了！

第三十天。

看著擋土牆用石頭一塊一塊的堆疊起，特別央求怪手先生，務必留一些大石塊，作為將來園區內的天然桌椅，但怪手先生說，這樣一來，怕擋土牆不夠用，還好，今天搶到了兩塊「桌子」。

今天繼續努力在邊界上種了藏柏，有朝一日它會像電線桿一樣筆直高聳。到了傍晚，怪手先生說，看你們忙了好一會，怎沒看見種什麼樹呀？！好像被踩到腳一樣，我們自稱『OL』(office lady) 和『OM』(office man) 有些事還需要時間的磨練。其實，我們都不是這塊料，但我想，沒有人天生是哪塊料！哪怕當老闆也是要經過學習的。

放下虛榮是踩在這片土地上的最大學習。加油！

第三十四天。

從整地工程中知道，石頭，原來是塊寶，並且是大自然的寶藏，沒有石頭，擋土牆無法形成。在整坡作業中有一條明文規定是：石頭不能從外面載進來，也不能外運出去，更不能有買賣行為。前幾天還真有人要來買石頭咧！擋土牆的底部需要他，我要的桌子也需要他，還好，這塊地底下，蘊藏了很多的寶藏，使得工程得以順利進行。

第五十天。

就像看著生命成長一樣，一點一滴，日漸茁壯，

相對的隨著天數增加，燒錢的數字也直線往上，心情如同在峭壁斷崖間開花，考驗我們如何在捉襟見肘的情況下，堆砌一座座的擋土牆，而仍能樂觀以對。

第五十五天。
進度比預期落後，預算比預期超出。

在一個平臺上種了一圈的梅樹，姑且命名為「梅園」，梅樹早在一年前就買回來等著入土，終於等到了，是我最喜歡的區域，總有一天會有梅花可賞還有梅子可作酒。

第六十六天。
今天種了不少樹，越種越快了喔！

澳洲火焰木是今天的主角，從它是 10 公分的幼苗就開始種植，一直待在小盆裡，快兩年了，現已經長到 180 公分，終於等到入土了。因為他長的很像木瓜葉，莊主一度懷疑他會長木瓜給我吃。拜託，不要啦！期待不久後的春天，可以看見一排火焰在天空蜿蜒。

種樹，種了一下午，忽然一陣大雨，頓時灰頭土臉，但種樹，就像種錢一樣，有一天他長大，就是搖錢樹了！現在的狼狽也值得。

第七十二天。
這週來了一位大內高手～何大哥，所以我們這兩隻三腳貓得已輕鬆不少，能放下園內一些瑣事，花時間多種點樹，但整平的地是擺放蘭花之用，因此只能在邊邊角角種植，滿足一下種樹的情操。

遠觀已有了梯田雛型，並且是美麗的。

第七十五天。

整地已來到最上一層，也就是接近馬路邊了，於是迫不及待去接一個月前預訂的落羽松回來，準備要種植在路邊界，將來能形成一排美麗的路樹。

預訂的落羽松比預期高大，每株都超過 200 公分，相信經過一個寒暑後，他能羽翼豐厚，且能在不同季節展現他獨有的特色。

第九十一天。

颱風來了。經過這次颱風的考驗，我想工程是過關了，沒有出現土石滑落或崩毀的情況，心繫的植物也都安然無恙，很難相信這眼前是大颱過後的樣子，幾乎沒怎麼變，鬆了好大一口氣。感謝菩薩對這片土地的的護祐。

第一〇一天。

終於完工了！看著一片土地，從荒蕪到井然有序，充滿了成就感。這次整地作業，共計 12 個平臺，估計還是放不下原承租地的蘭花。

這幾個月種下的樹已超過前半生所種下的樹數量，得到的體悟是：相較於樹的生命，人的生命太短暫了，現在能低頭看著他們，但三年後就要仰頭看它們，在有生之年卻看不到他們高聳入雲天。但我相信，現在種下的每一棵樹，都是為了 200 年後的回首，我依然在這裡環顧這片山林，那時已綠意滿園，樹高參天了。為了再回來這片山林，我寫下「乘願」的誓言 (見第十九章，下篇「乘願再來」)。

<乘風來>
蘭田恬恬

你若問我此景何以致？
何須問，
請乘風來，就知何以故，
請乘風來，傾聽大地訴說，
請乘風來，蘭田深處有情聲。

（第）（八）（章）

處 暑

2017.8.23 ～ 9.6

・上篇：上帝的女兒／莎莎
・下篇：與雜草共修

上篇：上帝的女兒／ 莎莎

 上帝的女兒

「上帝的女兒」身材瘦小，有著堅定的眼神，開朗的笑容，年齡與我相彷，是非常虔誠的基督徒，她總說，傳道是她的正職，上班反而是兼職，所以我一直這麼稱呼她。與她相識應該有十年了，這十年來，不管我在不在家，每個月她總會定時送來教會的期刊，並再手寫一張摘要夾在期刊裡，若我剛好在家，就與我聊聊當期的重點，若我不在就放在信箱裡，而我始終沒有受到上帝的感召，有天我告訴她，別再送期刊

來了，我並沒有認真的閱讀。她說，沒關係，她還是想送來，若我在也能順道看看我，聊聊天也好，若不讓她送來，那我們連要碰面的機會都沒有了，她會難過的。說的也是，人的情感是靠聯繫而來，一旦斷了線，很有可能就此失去了音訊，甚至一輩子不會再見了。

這麼多年來，我們兩人總是各說各話，她說她的宗教，我說我山上的事，我們從來不曾一起吃頓飯或出遊過，

有一天她說，想跟我到山上，可以幫我忙，就這樣，促成了我們第一次一起出門在外的因緣，卻是來幫我工作。

當天一早，她來了，簡單的吃完早餐，戴起帽子、手套就往花園裡除草去，天氣多半是熱的，時而有微風吹來，對一個不常在太陽底下一整天的人來說，我覺得這是滿累人的工作。

一天下來，我們並沒有太多的交談，她只是很認真除著草，沒有疑問為什麼我要捨棄台中的工作來山上務農，也沒有疑問雜草怎麼長成這麼高而沒除，反而是讚美這裡，猶如她讚美主一樣的神情；讚美我的勇氣，就像上帝在讚美我一樣，讓我更堅定信心。她埋首在草堆裡，儼然這是她一直以來的工作，汗水幾乎溼透了衣服，仍沒有停歇，只休息了午餐時間，簡

單的牛奶配麵包，又繼續回到花圃幹活兒，一樣揮汗如雨，一直到天色漸暗我們才停止工作，打道回府。

　　從來沒有朋友可以跟我在太陽底下做上一天除草的工作，而「上帝的女兒」嚴格說起來，並不是經常貓膩一起的朋友，我們的交集就是每月教會期刊，與她一直以來就像君子之交。這是我們第一次相處這麼久，卻是話最少的一次，送她回台中已經是晚上八點，她看來是累了，卻說一點都不累，還說早年家裡也是務農的，她不陌生農務，年輕時她手腳可快了，後來出了車禍身體狀況較差了……突然覺得她好像天使，只想著盡力幫我多做一點；讓我想到有一次，她很高興的跟我說，她居然不知不覺存了十萬元，很快就可以在教會要買房時捐出了。她一個月才賺一萬多，要租房、要生活費，好不容易存了一點錢，想到的竟是教會，話鋒一轉，她謝謝我帶她來山上「玩」，很開心，晚餐堅持不讓我請客，就騎著機車回家了，看著她離去的背影，我想她真的是上帝派來的，謝謝上帝，也謝謝上帝的女兒，阿門！

莎莎

　　莎莎是定期來幫我除草的鄒族原住民，「鄒族」女人的美麗不可言喻，除了五官深邃，輪廓鮮明外，臉部的線條多了點圓潤，已經是阿嬤級的她，仍保有美麗的樣貌，誰說原住民不愛賺錢，今朝有酒今朝醉？莎莎就很愛賺錢，不愛喝酒。還記得 2012 年 12 月 21 日那天，許多人謠傳是世界末日，那天她仍來除草，然後告訴我：「今天我要出門工作時，鄰居說『今天是世界末日，還去賺什麼錢啦？！喝酒啦！』我說：『世界末日一樣要工作的啦！』」從這裡可以知道她是一位務實的原住民。

　　每年鄒族會在達邦部落舉行慶典，我問她去參加嗎？她說，從來沒參加過，她不喜歡參加活動，也不喜歡喝酒，只喜歡賺錢，和固定每週日上教堂，她是虔誠的天主教徒。往年花季時，我將淘汰的許多花送給她，她很高興，剛開始我還會說，分送鄰居吧！她只是默默不語，有一次，她才說：「捨不得吶！要拿去教堂奉獻給天父。」有一天，我去原住民的假日市集逛逛，無意間在一個攤位上看到我送給她的花，沒想到被我淘汰的花，在攤位上仍顯得一枝獨秀，很美麗，不得不佩服她的頭腦。

　　從我有花園開始，她每年都會來花園裡除雜草 2 到 3 次，多虧她的幫忙，總能在雜草蔓延失控時，兩週內迅速的將全園除乾淨，我都不知道她是怎麼辦到的，我也會除草，但從來沒能將一整個花園的雜草盡除，若沒有她來幫忙，我恐怕要做到天荒地老。因此，我曾經幻想要去山區當代課老師，一來是舊情綿綿，想再回味曾經與小朋友嬉戲的感覺；二來是基於術業

有專攻的考量，哪怕將我所賺的錢全部用來請工人除草，也較我自己除草有效率些，讓有能力的人來除草，而我只要負責賺錢養花園，然後生活在美麗的花園裡就好，或許這個夢想哪天會實現也不一定呀！

莎莎有她自己的農活要忙，她種水果、種菜，忙完自己的再出來賺外快，今年四月找她來幫忙除草，她說已接了一份工作，暫時不能來幫我了，眼看著雜草就要失控了，於是找了其他人來幫忙，沒想到，速度遠遠落後於她，讓我更加肯定莎莎除草的「專業能力」。

現在又值荒煙漫草的階段，眼看著花園已經要被雜草吞噬了，我的心也跟著雜草要糾結在一起，找了莎莎幾次，剛好她正值農忙，也走不開，盼啊！盼的，終於把她給盼來了，果然沒有辜負我的等待，十四個工作天就將全園的雜草給除盡了，我才大大鬆口氣，謝謝天父，阿門！

下篇：與雜草共修

每年處暑，雜草經過春風夏雨，最是恐怖的時候，總是如影隨形似的，怎麼也擺脫不了它的糾纏，它會讓你有種錯覺以為是一夕之間冒出來的，當你意識到它的存在時，就措手不及了，它，已經悄悄的佔領花園。

雜草，已經跟它奮戰六年了，與雜草共修幾乎成了每年的功課。它生長的速度，永遠超越我們除它的進度，如果說這個花園的監督者是雜草，一點都不為過，它總是虎視眈眈看著你的花園，你若不經心它的存在，它就會堂而皇之的侵門踏戶，活生生的在你面前長高長大，進而繁衍後代，讓子子孫孫佔滿你的花園，直到你正視它為止，那是很恐怖的一件事，此時整座花園已失控了。

失控的花園，幾乎是每年要發生一次的，這是考驗一個人的時候，當雜草追過主要種植的植物高度時，有多少來訪的人，就會有多少人提醒你「雜草怎麼那麼多？」而如果莊主又經常耳提面命關於雜草的事，甚至大動肝火時，壓力不是來自雜草而是人，漸漸的，我意識到整座花園就是我的道場。

猶記得第一年接手花園時，我每天很認真的拿著小板凳，到花圃將盆栽裡的雜草一一除盡，一有空就是拔草，除了拔草還是拔草，然後將盆栽排得整整齊齊的，地也掃的乾乾淨淨的。慢慢的、仔細的在粗糙的環境下精雕細琢粗活兒，彷彿這是我唯一該作的事，我像小和尚挑水一樣，只是不斷的重覆著同樣的工作，那一年我因為剛擁有花園，而滿足於當下的田園生活；

第二年，我依然重覆同樣的工作，除了除草還是除草，在大太陽下、在雨中、在冷風中，繼續作小和尚挑水的工作，一樣安於那個生活條件並不好的簡陋環境，我心想，當兩年小和尚就夠了吧？兩年的基本功應該足以奠定心性，確定我不會逃跑了，事實證明，現在還沒有逃跑，但還是繼續作小和尚，挑水的工作。只是，心性在潛移默化中是改變了，至少除草後不再那麼苛刻的將大地掃得一塵不染，讓樹葉在該落下的地方落下，讓塵土回歸地表，臣服大地有它存在的秩序。

雜草的草相很雜，是極盡所能來折磨人的，尤其局面已經失控的時候，放眼望去，最頭痛的是鬼針草（大花咸豐草），跟虎刺婆（薄瓣懸鉤子），特別是虎刺婆，光聽名字就知道它很厲害的，全株細刺和倒鉤刺，葉子佈滿腺毛，只要衣服輕輕地碰上它，那便像牛皮糖似的怎麼甩也甩不掉，就算戴上塑膠手套也會被它刺得哀哀叫，是雜草界裡我的死對頭，每每看到它，當下只有硬著頭皮跟它拼了，右手持鐮刀快速的斬下它，左手躲得遠遠的，連碰都不敢碰到，就怕被它纏上了，那可真要倒楣透頂了！相較於虎刺婆，鬼針草就沒那麼可怕了，大不了沾了一身刺回家再慢慢一根一根拔除，最嚴重的是沾滿了全身像刺蝟般回來，也只要把衣服丟掉就可以了。

一開始你會因為它的存在而影響了心情，慢慢的，雜草已不太能左右你的情緒，卻轉嫁給「人」，讓人的情緒來影響你，這才是最嚴重的蔓延。

有天，我意識到，雜草，我是怎麼也除不完的，前題是我不可能放下所有的事來除草，於是我開始想「過生活」這件事。我想悠遊在花舞山嵐中，用力呼

吸充滿芬多精的空氣，讓肺浸潤在大自然裡，如果我來這裡是為了「過生活」，那麼，除草不過就是其中的一件事，甚至是考驗我能不能自在過生活的一件事。因為它會一直礙眼的存在，而我若一直執著在「除草」這件事上，而看不見天地有大美，那豈不是枉費老天爺的指引，帶領我在人生的下半場走進山林。

於是，我試著放下挑水的工作，開始記錄生活的點滴。懂得在夕陽西下時，在山坡上品著紅酒，欣賞夜幕低垂時分；捨得花一個早上的時間吃早餐，遠觀山巒，學習獨處並與自己對話。雜草不滅，教會我生命的韌性是取決在自己的心念，當我面對滿園失控的雜草，卻無能為力時，從糾結到自在，代表它已經影響不了我，當你不再為無能為力的事煩惱時，至少是過了自己心坎這一關，夜晚依然好眠。唯獨「人」的情緒，藉由雜草蔓延向我時，人的不可逆性，卻造就了煩燥情緒，尚無法完全的將之淡然以對，是還需要修練的。也因此，在除草的當下，我總是把雜草視為修練自己心性的對象，除了與雜草共修外，還要面對花園開墾工作的種種，對我而言，都是初次挑戰，所以說整座花園都是我的道場，一點也不為過。

除盆草是輕勞動的工作，可以拉張小板凳坐，手邊除草，耳邊聽聲音，往往一做 (坐) 就幾個小時，這是最接地氣的時候，可以完全將自己放空交給大地。我總是在這時聽聽音樂，或聽經聞法或聽名人演講，此刻能完全的將大腦調到「接收」狀態，靜心的做，靜心的聽，不主動思考就能有靈光乍現的瞬間，多年後，我依然喜歡坐在花圃裡除草，這是與大地最接近的時刻，滿心歡喜與雜草對話，當清除完那一刻，它

就會告訴你，自信來自於成就感，而要得到成就感其實沒那麼難，真的，除完草後就有一種成就感。

　　將身心靈交給大地的時候，總能得到全然的靜謐，是只有我自己才懂的感受。有天埋頭苦幹，不知不覺中，天色已暗淡，猛一抬頭，除了夕陽，還有其倒影，剛好落在「仁義潭」，形成兩個夕陽的美景，這是未曾有過的景象，想必是大自然給我的美麗回饋。

● 夕陽倒影仁義潭

 白 露

2017.9.7 ～ 9.22

· 上篇：綠手指
· 下篇：從花園到校園

上篇：綠手指

　　我是當了花農後才開始學習怎麼當一個花農，但我仍然不是一個好花農，因為我並不那麼講究農事，對於花卉，也沒有鑽研，人們看我種的花美麗，都以為我很厲害，問我怎麼種的？什麼植物該怎麼種？我的回答都是「憑感覺」。

　　我自認有「綠手指」，總能把植物照顧的很健壯，一盆變兩盆，兩盆變四盆，甚至爆盆，當真說有什麼訣竅？就「熱情」吧！對植物的喜愛，也許正因為如此，很自然就跑來種花了，萬萬沒想到，我只是想喝一杯牛奶，卻養了一牧場的牛。

　　印度思想家吉杜‧克裡西那穆提曾說：「如果喜歡花，就去當園丁。做自己喜歡的事時，沒有恐懼，沒有比較，也沒有野心，只有愛。」有天嫂嫂傳給我，她說看到這句話時，直覺到我，我好像也看到了自己。「做自己喜歡的事時，沒有恐懼，沒有比較，也沒有

野心，只有愛。」這才是重點，而「喜歡花，就去當園丁」只是剛好講到我的喜好，整句話卻像是為我而寫一樣。「沒有恐懼，沒有比較，也沒有野心，只有愛」是真的，經常會有人問我一個人在諾大的農莊裡不怕嗎？關於「恐懼」的事，我的解讀是：當一個人一直處於很平靜的狀態時，是不會有恐懼的；而在辦公室與天地間，選擇在大地上工作的人肯定是沒有野心的，野心用在泥土上只有不斷耕耘，用豆大的汗珠灌溉農園，一切只因為心中充滿了愛，當你的環境充滿了愛，還需要比較嗎？

　　我不僅不是個好花農，還是個懶惰的花農，花要美美的，是需要噴灑農藥除病蟲害，不然整枝花被蟲吃掉是很正常的事。有時還滿羨慕種菜的，蟲吃剩的給人吃，多好呀！花就不行，被蟲吃一個洞那朵就要剪掉，萬一那隻蟲很調皮，每朵都吃一點，那整枝花就要往花塚裡去了；還有施肥也是一件要事，動植物界裡，大概只有人類喜歡把自己養得看起來營養不良，其餘無不是想養得碩大能賣個好價錢，花也不例外，愈大枝愈得人愛，價錢愈好，這就得靠施肥，一偷懶花就瘦了，主人就肥了，現實的花園社會啊！

　　白露正值花苞抽出的節氣，此時，下藥施肥正是時候，但對我這不專業的農民而言，是相形不及格。記得以前園主在交接時告訴我，她每個月按時施肥下藥，花季時更是兩週一次，確實的保護好每一朵花，花季正巧適逢旱季，她是採人工澆水，每次的灑水總在水裡放些肥份，好滋養花朵。好吧，重點是，我並沒有確實的按表操課，作到施肥給藥的功課，而是臨時抱佛腳，「好像很久沒噴藥了哦！」於是就來噴藥，

「抽花苞了，該噴藥了！」、「花開始長高了，來噴藥吧！」每次的噴藥都像突然被雷打到一樣，永遠沒個準則，雖然如此，癲癇頭孩子還是自己的好，我覺得花都挺漂亮的呀！我知道，她肯定不是市場上最美的花，但她是最快樂的花，她生長在開放的空間裡，不是溫室裡的花朵，她自由自在享受在山嵐裡搖曳的生活，看得到太陽升起、落下，看得到月亮陰晴圓缺，看得到星空點點，享受得到雨灑落在身上的舒暢感，所以開的花朵總是各看各的方向，跟在溫室專業種植的花相幾乎都朝同一面，實在差太多了，當真要選美，她一定擠不進前十強，卻也因為如此，她更顯得平易近人，讓每個人都能輕易擁有高貴的她，擁有低調的奢華。

每次的噴藥都像如臨大敵一樣，因為噴一趟藥，就是兩個人兩個小時才能走完全園，兩個小時還是指過程中不能有狀況，而且中途不休息。以前的園主都是一大早，四、五點就起床噴藥，噴完藥就著裝外出，不留在花園當蟲；相較之下，我們顯得懶散許多，睡到自然醒後，悠悠的吃完早餐，再開始噴藥，通常都是九點左右了，噴藥的過程有時會有一些小狀況，例如管線接頭漏，或管線纏繞，或噴頭塞住等等，這樣一趟下來多半已經中午時分，正是大太陽，噴完藥常常覺得快虛脫了，哪還想外出呀？寧願在花園當蟲好了。

當了農夫後，才知道原來噴藥是這麼一回事，拿著藥桿，頂著豔陽，穿梭在花田間，汗水如滾珠從額頭滑落臉頰，經常是像洗臉般，眼睛都睜不開了；有時手套會不小心被藥水弄得溼透、有時會被飛濺的藥

水噴得滿身、有時管線會纏繞成團扯不開，總之弄得很狼狽是經常有的事；記得剛搬來新基地時，馬達設備還沒弄好，還得背著藥桶用手拉桿的方式噴灑，一桶藥水容量是二十公升，外加噴藥桶重量兩公斤，要背好幾趟才能把重點區域走完，很像在做重量訓練，非常耗體力。但不覺中，體力竟在當農夫的這幾年裡變好了。

因為很少用農藥，裹覆肥料一年只用一次，又是露天花園，我的花真的很天然，花朵面相各看各的，胖瘦不一，關於這點，個人覺得滿可愛的；也經常被小蟲啃得亂七八糟，所以市場行情並不是很好，有點對不起這些蘭花的身價。其實，我一直希望哪天可以不再收花賣花，希望能真正看到滿山遍野的花迎風搖曳，希望也能招蜂引蝶來，讓這裡充滿生機，希望不只是希望！

下篇：從花園到校園

40歲以後我開始為夢想而生活，生活在夢想實踐中，買花園、買地、回歸山林，以及從花園到校園這一段路也是夢想的旅程。

「念中文系」一直是我的夢想之一，從來沒斷過，原因要從我國中說起，國中的國文課一直是我的夢魘，甚至是全班的夢魘，那時一上國文課，整個班上就像鬼城一樣，個個噤若寒蟬，臉色發白，深怕國文老師冷不防從背後抽誰鞭子；到了高中，遇到完全相反的老師，春風化雨，一改我對國文的害怕，並且愛上文學，甚至想追隨他的腳步，從此有了念中文系的夢想，沒想到這個夢想竟在三十年後實現。

　　32 歲時，生活已趨於穩定平淡，泛起回學校讀書的念頭，那時就報考了「靜宜大學」，並沒錄取。經過了十五年，在我回歸山林當起農婦，生活正忙碌的時候，竟又泛起相同的念頭，一樣的夢想，一樣的中文系，我知道這個想法起來，若沒有立即去實踐，也許又是一個十五年頭過去。

　　於是，抱著排除萬難，也要再回鍋學校一次的決心，終於在 2016 年 9 月如願讀了研究所，又是「靜宜大學」，我想這不是偶然，而是徵兆，必定存在著當時我所不知的因緣。

　　這一年多來，從花園到校園，這一段學習的路，車開了兩萬多公里，但不覺得辛苦，反而是朝希望前進的感覺，很多人問我這麼忙，為什麼還要回學校唸書？又是中文系？有意義嗎？就算唸也要休閒管理或園藝之類的較有實質助益。對我而言，不是每件事都要有意義，最不能當飯吃的就是「夢想」，隔了 20 幾年再回到學校唸書，不為別的，就為了曾經有過的夢想，進修也不見得是為了要增加收入，我因為任性，一路走來倒也隨心所欲，從沒想過要將「意義」與「價值」劃上等號。

　　校園與花園都是我學習的殿堂，一個是學習思考的地方，一個是學習實踐的地方。當我頂著烈日，揮汗如雨，在田園裡做著粗重的工作，弄得渾身髒兮兮，一整天下來經常是直不起腰桿，我依然認份拿著鋤頭耕耘，我知道我要學習面對生活最真實的那一面；當我換個空間，坐在教室裡吹冷氣，聽著老師授課如沐春風，這是我一週裡最舒服的日子，一整天下來還是乾乾淨淨的，我很享受在拿著筆抄抄寫寫的課堂，聽

著前所未有的新知，我知道我要學習的是感謝，感謝大地許我一片地耕作，又許我一次當學生的機會。我認為這樣的角色轉換亦是人生中很大的學習，將課堂上所學的思想帶入大自然中，再以大自然為師，體悟更深層的生命意涵，感受大自然對人的潛移默化，因此特別珍惜重返校園的每一堂課。

唸了一年，我想是夠了，只是為了圓夢，學歷之於我並不重要，除此之外，要寫學術論文對我而言是一種壓力，並不想讓喜愛的事變成壓力，因此默默萌生休學的念頭，這將會是我求學過程中，第五度休退學，這麼想來也就沒那麼嚴重了。回想求學路，我資質不佳但很上進，卻也很隨性，唸高職時，表現還算好，又是英打校隊又是班代，但二下我卻自己辦了休學，媽媽沒表示意見；後來考上私立二專，唸了一週就休學，拿了退費的錢回家給媽媽，媽媽問我：「哪來這麼多錢？」我回答：「休學了，想重考。」媽媽一句話沒說；唸了軍校十天，受不了規律的生活，選擇退學，讓媽媽給領回家，坐在火車上的媽媽依然沒說什麼；二技校外實習分數被打零分，不滿非一百分即零分的二分法，開學同時辦了休學，然後去澎湖流浪一個月才回家，媽媽還是沒說一句話，不解我媽是怎麼辦到的啊！怎沒在第二次休學就把這小孩打趴粘在牆壁上呢？從小學到大學，我共唸了十所學校，唯一沒中斷過的是國中時期，現在慶幸多了研究所。

2017 年 5 月，準備要交碩論的研究主題給系辦，原先也就是順應一個題目，興許不會去寫，心態上是消極的，在給指導教授簽名的時候，卻出現了契機，老師告訴我能以「創作」方式提論文，問我意願大嗎？

我眼睛為之一亮，莫非老師有讀心術？同時看穿我心中兩件事。

「而創作就以妳的『花舞山嵐農莊』為主題呢？」老師接著說。

「太棒了！這是我一直想做的事。」老師果然有讀心術，我頓時解除心中的壓力，又有了完成學業的動力，內心感到雀躍，覺得老師好好哦！那天像回到小學生般跳躍著回家，迫不及待要跟世界報告這個好消息。

從搬遷到「花舞山嵐」的基地後，就萌生要把整個心路歷程寫下來，但每天如陀螺轉的生活，始終停不下來，偏偏又選在這個時候回學校讀書，沒想到一直想作的事，卻在人生最忙碌的時候實踐，很高興有了這樣的轉變，太不可思議了！若不是這樣的因緣際會，以我慢郎中的個性，要完成「花舞山嵐」的故事，恐怕要天荒地老了，這將是我最珍貴且名符其實的畢業證「書」，也是回校園讀書，意想不到的最大收穫呀！

回頭看「徵兆」這件事，原來是既定的因緣，如果選了其它校的在職專班，不可能用「創作」方式提畢業論文，也就不可能一次完成兩個夢想，更不可能在兩年完成學業，相信一切都是早已命定好的事。那時上網查詢只看到唯一靜宜大學招在職生，於是很自然的來到了靜宜，後來才得知離我家近的大學也有招在職生，那時還很扼腕；又鋒迴路轉，從打算休學到意外的又完成了另一個夢想，有種在夢想中完成夢想的感覺，原來十五年前沒被錄取就是為了等待這一本

書啊！

完成夢想是件很棒的事，任何年紀都不晚，反而有不同的樂趣，當我年近半百再回到校園，心態很不一樣，大學時老想著蹺課，蹺課的程度已到被同學說，我到，代表全班到，點名只需點我一個人，猶記得當時學期初選幹部時，同學提議：為了鼓勵我經常來上課，提名我作班代。現在想來慚愧，但如果時光再重來一次，相信我還是會繼續蹺課，那時的我或許有一種漂鳥性格，不羈的隨性。重回校園後，不想蹺課的事，想的是勤能補拙，長知識增智慧要緊。

看著校園裡年輕學子，彷彿看到我曾經的青春，那逝去的青春已在我臉上刻劃成線條，一條一條增加時，我的夢想正一件一件減少。能回到校園這件事，要感謝莊主的支持與包容，不論是校園還是花園，都放手讓我去實踐自己的夢想；而能在這個夢想中完成另一個夢想，則要感謝我的指導教授的鼓勵與支持，若不是他，我不會順利完成這本書，也不會順利讀完研究所。

第十章

秋分

2017.9.23 ～ 10.7

· 上篇：軛瓣蘭花開
· 下篇：夢幻工作室

上篇：輆瓣蘭花開

秋分過後，就數著中秋節到來，不是為了看月亮或吃月餅或烤肉，而是等著輆瓣蘭齊放的那一天。每年，我總期待這一天到來，這種心情有點像看跨年煙火一樣，倒數著它點燃，劃破黑夜天際，然後光彩奪目，令人驚呼連連。夏天結束了，屬於輆瓣蘭的秋天正式開始，輆瓣蘭齊放也代表花園要進入忙碌的季節了。

輆瓣蘭總是說來就來，會突然有一天，看到滿園的花穗抽高了，明明前一天還短短的，然後，又是突然的一天，所有的花像約好似的一起綻放。因此，預期她會開花的那幾天，就會一早衝去輆瓣蘭區，那種睜開眼睛就看到一群花對著你搖曳生姿，能充份感受到生命的喜悅，我很幸運，每年都能同上萬朵的花一起綻放生命。

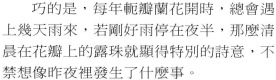

巧的是，每年輆瓣蘭花開時，總會遇上幾天雨來，若剛好雨停在夜半，那麼清晨在花瓣上的露珠就顯得特別的詩意，不禁想像昨夜裡發生了什麼事。

＜幽谷芳蘭＞
晨光，
透露出曙意，
喚醒幽谷中的花。
群花，
享受著仍帶著溼意的溫度悠悠綻放。

不知，
誰落下的印記，
那一抹露珠眷戀著。
山嵐開口了，
是我，
在幽谷中繾綣著花最是溫柔。

　　軛瓣蘭活潑中帶著含蓄，典雅又不失貴氣，散發一股濃而不膩的香氛，不同於多數蘭花沒有香味，可說是蘭花界的香奈爾；其花唇柔軟如雪紡紗又是夢幻紫，花瓣有著豹紋的狂野，花型充滿現代感；花莖最長達 80 公分，一枝多則 9 朵花，一枝花就足夠讓一個小客廳芬芳了。瓶插壽命約一週左右，若室內熱，能香上三天也就了不起了。

　　採收軛瓣蘭是小花園年度盛事，代表花季到了！也象徵著：豐盛的生命即將來臨。連著兩天收了 500 枝花，你很難想像，500 枝花怎麼可能同時綻放？那種措手不及的感覺，每年都會真實上演，真正體會到「恭逢其盛」這句話。

　　坐在工作室裡理花，是很棒的一件事，花朵圍繞在身旁，滿室馨香，砌壺茶，準備整理每一枝花，透明的視野，可以看到因氣候的瞬變，環繞的山景而有所不同，最美的是被山嵐環抱。看著每一枝經手的花，仔細端詳是否有瑕疵，每一枝花都是歷經一年風雨的淬煉不凋，才能參與年度盛會。因此，在理花時，把每枝花打理的漂漂亮亮，讓她們都可以走出這座山去看世界，也讓更多人欣賞到她們的美，為她們一年的努力讚嘆，我則儘可能將她們的生命放到最大值，亦即將淘汰率降到最低，最後將完美的花用花套束起，一枝一枝小心翼翼，擺放在專屬的紙盒裡，這是我與花最接近的時刻，內心在此時總有一種平靜感，如同花靜靜地躺在天地間，那等在虛空，觸動生命靈感的，經常是在一種很和諧安靜的狀態，我相信生命的本質一直是與大自然相通的，透過花朵，我深刻的察覺「平靜」是回到真我的起點，花雖不能言語，但能傳情，她教會我許多事，我懂她她懂我。

　　一連工作了幾天，趁著空檔，帶著花出門去，她真是個好公關。還沒踏出大門，先是遇到前地主，他們夫妻倆直接開車進來，為了來這兒取水，說是這裡的水質好，喝不慣山下的，寧願大老遠從山下跑來。

我一見他們，立即送上三把花，前地主太太高興的合不攏嘴，從車內拿了六顆她種的木瓜給我；接著到奮起湖看看在地唯一的朋友，送兩把花給她，她開心地笑了，嗅了嗅花香，進屋拿了兩包在地的簹篙筍給我；回程去買茶葉時，也送店家老闆娘兩把花，老闆娘臉上堆滿笑容，多送我一包茶葉，又拿一個自家種的南瓜、兩包筍子塞給我，要我晚上加菜。原本是要帶花去拜訪鄰居的，雖說是鄰居，其實我們隔著山遙遙相望，結果還沒有到鄰居家花就送完了。趕緊回家再拿兩束花去，有了前三次的「收穫」，很好奇，這次會換到什麼？結果是現採的新鮮蔬菜，太棒了！今天滿載而歸，而花有了奇妙的旅程。

● 軛瓣蘭花開

下篇：夢幻工作室

舊園區的工作室是用竹子跟帆布搭建的，很簡陋。

原本的工作室已歷經了八年的歲月，在我們接手的第一年夏天就遇到強颱，將帆布屋頂掀去了大半，那時眼見花季就要來臨了，於是趕緊重新「拉皮」，找來不專業的弟弟與朋友一起搭建。之前有先去竹林砍竹子數十根，再曬幾天，待竹子乾燥後，才能作為樑柱。同時，朋友寄來大型廣告帆布，加上買的藍白條紋帆布，總算拼湊起一間比原本略大，搖搖欲墜的工作室，勉強湊合著用。第二年，颱風又來把帆布掀了一角，我們縫縫補補又繼續用了一年，經過第三年的風吹日曬雨淋，幾乎已經不堪使用，有點廢墟的味道。與其說是「工作室」不如說是「工寮」還較為恰當，但我喜歡「工作室」的稱呼，顯得專業多了。

　　工作室的結構只有一根鐵柱加五根竹子支撐在地面上，沒有門，當然也不會有窗戶，一盞日光燈、幾張桌子、幾個架子，這些就是室內全部的陳設，早已歷經風霜，均已腐朽搖晃；地面崎嶇不平，東一塊木板壓著、西一塊紙板墊著，只為了避免絆到石頭而跌倒，是從來都掃不乾淨的地板；噴藥桶、馬達、紙箱全部都在工作室裡；老鼠經常在架子上跑來跑去，有時小狗也會跑進來大小便、吃東西等，搞不清楚是誰的地盤了，總之，它就是一個七坪大的篷子而已。

● 舊園區工作室

　　冬天花季時，採收量大，在工作室裡做到很晚是經常有的事，到了晚餐時間，得走上幾步路到貨櫃屋裡，雖是幾步路的距離，但沒有燈光，又冷颼颼的，多半時候溫度都在十度以下，若巧遇寒流來襲，那可真像在冷藏室裡頭啊！總是毛帽、圍巾、羽絨衣包得緊緊的，那種冷風刺骨到現在都還記憶猶新。

　　因此，我總是幻想以後的工作室一定要窗明几淨，空間很大，可以在裡面看電視、煮飯、喝咖啡、聽音樂、招待客人，像個招待會所，最好還有一個環繞的透明

● 舊工作室

視野，在工作中隨時有美麗的風景可以欣賞，尤其看著雨滴從屋簷滴下一直是我很喜歡的意境。就像灰姑娘明明身處在簡陋的柴房裡弄得灰頭土臉，與老鼠相伴，卻幻想穿著禮服，腳踩高跟鞋，與王子在舞池裡跳舞一樣，我雖然不知道會不會有實現的一天，但仍然無時不刻想像著我即將擁有「夢幻工作室」，一直到第三年，買了地後，才很明確知道花園即將座落的地點，也確定我會有一個新的工作室，終於能將幻想化為實際的構想了。

有了屬於自己的地後，要開始規劃工作室，才覺得幻想終究是美好的，現實的考量讓我明白，不可能百分之百如心裡所想的那個夢幻工作室去建構，只能盡量了。

首先，新工作室位置是老天決定的，為什麼呢？因為，那是當時唯一的平臺，正好有 270 度環繞視野，這個位置也是當年來看地時所佇立的地點，那時站在這裡往下看著這片土地，就愛上這裡，萬萬沒想到那時正踩在工作室上。

● 當時唯一的平台

　　於是我開始興建工作室，礙於法規，若要磚造建築，恐怕曠日廢時；礙於金錢，就地打造鐵皮屋較為經濟又速成，於是找來鐵工拉出平臺的最大面積，約十五坪，並且用透明塑膠浪板作帷幕，因為，若要用玻璃打造全視野的工作室，實在太貴了，透明塑膠板雖然不那麼美觀，但效果達到了，就透明度而言，雖不中矣亦不遠矣。一樣的透明，只不過是塑膠的；一樣可以看電視，只不過收訊不好；一樣可以煮咖啡，一樣可以招待客人，只不過是鐵皮搭建的。

　　還有，特別要介紹，工作室裡美麗的地板，是我與莊主兩人合力「跪」出來的。當初蓋好後，是水泥地，地面一乾燥就揚起一片灰塵，實在受不了老是在一片灰濛濛的屋子裡，也就十五坪大，為了省錢，於是，我買了塑膠地板，同時請教老闆怎麼DIY，老闆再三交待「膠」的用量。（切記：不可多，寧可少。）當時不明白，施作時真的就是敗在「膠」上。兩個人在工作室裡，賣力的又蹲又跪，一片一片拼貼起來，不知不覺，弄得渾身是白膠，那種粘的程度是：屁股一坐上椅子，椅子就粘在屁股上、手一拿杯子，杯子就

粘在手上、腳一穿上鞋就脫不下來了，一整個就是「粘人」，我們跪了整整兩天，才大功告成，也各自丟了兩套衣服。如果「夢幻工作室」是一百分，那麼完成後的工作室也有六十分，但我真的很滿意了。

　　很高興在 2015 年秋天，終於有了新工作室，這個園區以花為主體，自然以理花的工作室列為第一優先完善，從接這個花園開始，所想都是花的所需，沒有將自己的需求列為重點，我相信，如果接這個花園是使命，那麼，花好，我自然就好，上天對祂的護花使者自有安排，我相信「相信是一種力量。」

　　有時回想過往，那段在舊園區工作的景象，不免佩服自己可以在那樣的環境工作三年。我想，那時眼裡只有花，對於外在環境，雖然艱困，也因為信念的支撐，而讓我堅信眼前的困頓是上天為了要送我禮物前的考驗，果不其然，才三年，我有了一塊土地，還擁有了心目中的「夢幻工作室」。

 第十一章

寒 露

2017.10.8 ～ 10.22

・上篇：向生命告解
・下篇：以自然為師

上篇：向生命告解

生命是一連串的學習，尤其在花園這六年，是很大的收穫。

每年看著花開花謝，春去秋來，一年一次生命週期，不是每一枝花都能順利重生。這一年中，會遇到很多的困境，春天抽新芽，也許還沒來得及茁壯，就因為春雨連續澆灌而爛掉；秋天開始抽花苞，天氣一熱，就消蕾；花苞剛長成非常脆弱，稍一不留神，碰到就斷了；花莖抽長後，開始有病蟲害的問題，受害嚴重的就直接在花田裡剪掉；開花後，招蜂引蝶，毛毛蟲會吃花，被蟲吃過的花，只能淘汰。這些都還只是天然的因素，尚有人為的照顧不周，導致生命過程無法順利完成，一直要到花朵完整無瑕的剪下，送到欣賞她的人手裡，一枝花的生命才算圓滿。我們的生命過程何嘗不是如此，不知在哪個階段會遇到困境？但值得慶幸的是，人的一生七八十寒暑，還能回頭跟生命告解。

　　因為經常一個人在山上，少了人事的紛擾，靜思冥想的時間很多，透過大自然的鏡像能清楚看見自己，天地間就是這麼奧妙，當你需要什麼的時候它就蹦出來了。有一天我回到了童年，那是好長的一段空白，我試圖回填它，因為小時候父親早逝，似乎也提早結束了童年，經常會想起「沒有童年」的童年，這個感覺是很奇妙的，你知道是失落已久的童年在呼喚你了，是童年的那個你要你重新找回她。這件事，就像埋在土裡一直未曾萌芽的種子，多年後在我重新翻土中，它突然蹦開發芽一樣。於是，我按著成長的軌跡，去清除那些存在我記憶中黑白的畫面，母親孤單的身影、我獨自在家寫功課的影像一直殘留，猜想，這是造成我一直以來孤獨感的原因吧！

　　帶著童心我回到過去，意識到自己猶如回到了小時候，重新過了一次童年，影像中那個孤單的媽媽，原來並不孤單，她有一群孩子陪著她；而我獨自倚著窗邊寫功課反而養成了日後愛作夢愛寫作的習性。這段回到過去的童年，與自己對話持續好長一段時間，相當於失去的歲月，我將那段時光補足了，內心感到滿足，那些我以為是黑白的膠卷，其實早已跟著年代而式微了。

時間的洪流將我再往回推，不僅推回了童年，又推回了胎兒～有天睡覺前，腦海突然閃過一個念頭：「我要回到媽媽的肚子裡。」一想到要回到媽媽的肚子裡當晚就睡得好安心；隔晚，這個念頭又閃過，閉上眼剎那間，我已經像胎兒一樣蜷縮在媽媽的肚子裡，透過臍帶感受到媽媽孕育我時喜悅的心情，間接看到她年輕時微笑的臉龐，胎兒的我也笑了，因為愛，我們一起感受到生命的豐盛，又再一次的好滿足啊！我終於有了一個完整的童年，它將不再是我內心的缺憾。

這幾天，時光機又將我載到 20 幾歲時，想必是心性回到那個階段了。想起那時曾跟姪女發生的事，一直想跟心中那個「不對的我」和解，反覆思索後，決定寫信向她告解，其實是向自己的生命告解。

我一直想跟你說「對不起」。

想起以前，曾經因為你犯錯而很兇的罵你，像仇人般似的。那時你應該很害怕吧？面對至親扭曲的臉孔，想必內心困惑，你能原諒當時的我嗎？是「愛」，就不應該讓人有所恐懼的，也許當時並不懂得「愛」，現在也還在學習中。

我們住在一起時，你5歲左右，有一次帶你去菜市場，妳出神看著攤販賣的牛蛙在網子裡掙扎著試圖跳躍，一直不肯走，我很生氣的放開你的手走掉了，待採購完再回頭找妳。回想，當時太大意了，萬一你被擄走怎麼辦？我的良心會一輩子不安，還好，沒發生撼事，我得以每晚安心入眠。

長久以來，我一直把這事放在心上，寫出來，就可以放下了，主要是把對妳的歉意表明了，妳原諒我，我也就原諒自己了。

馬上，我收到孩子簡短的回覆，我想她是原諒我了，很高興與二十幾年前那個「不對的我」和解了。

沒關係的。

因為沒有體會過，也不知道如何做是最好，不管

到了什麼年紀，人總是會有所成長。

有天早上我意識到，陪伴了我十一年的黃金獵犬－妞妞，趴在我床前，如往常純潔的眼神看著我，她變得更漂亮更大隻。一直到她離開後，我內心始終很慚愧，因為自己忙碌沒照顧好她的晚年，很高興她在離開一年多後來看我了，讓我有機會與她的靈告解，說了好多未曾跟她說的話，最後她起身要走了，我說：讓我抱抱妳。擁抱中有太多的感謝與抱歉，她舔了舔我的睡臉，我們終於有了幸福的道別。

在心靈層面上，我相信人有兩次生命的誕生，一次是母親生了你，一次是自我重新出生，意即一次是肉體出生，一次是靈魂覺醒，但不是每個人都能作到後者，必需是心夠清淨的人，才能將自己從己身再出生一次。我不經意看到相關的論述，又說：「當你覺醒時，你將不再尋找愛，而是成為愛，創造愛。」有點回到當下的心境。我的解讀是，回歸大自然，回歸生命的本質～「真我」，亦即「回來作真實的自己」。

<放下>
我看見－
你緩緩的走進來，
輕輕的放下行李，
不自主環顧四周，
然後－
嘴角微微往上揚，
我知道，
你的心也放下了。

下篇：以自然為師

生命無常師，但以自然為師，天地為講堂，萬物為教材，是宇宙給我的覺知。

在來花園的路上會經過一片桃花心木林，春天是他們最美的季節，枯葉滿地，新芽在樹梢，若再加上濃霧繚繞，那蕭瑟的美感完全不同於其他樹木新春時的綠意盎然，這是一直到第四年，我才用心看這片樹林，原來這麼美，但還是僅限於每次開車經過瞄一眼，讚嘆一下而已。

到了第五年，也就是 2016 年的春天，那天剛好起濃霧，車開得慢，經過這片樹林時，我看了一眼，心想，一年又過去了。枯黃的落葉，白茫的景象，讓我停下車，走進那一片樹林，踩在落葉上，聽枯葉悉悉簌簌的聲音，這是我第一次用心去感受「美」帶給我的驚喜，瞭解大自然要告訴我生命的體悟是什麼，我站在林中，閉目仰頭傾聽大自然的聲音，深呼吸是一陣冰涼的霧氣沁入我鼻息，它溜進我耳裡，告訴我：樹很純粹，就是「落下」與「再生」，落葉（過去）就交給風與大地，新芽（未來）就交給陽光與水，只要「全然做自己」就可以了。心其實可以主宰這簡單的兩句話，「放下」與「重生」，其餘就交給「時間」，人的生命其實跟樹一樣，可以很純粹，但人卻終其一生都在學如何「放下」，更別說「重生」了。我亦然。

虎頭蘭原本該是溫室栽種的蘭花，但我的虎頭蘭，卻從小苗開始就在露天的環境生長，非常的粗放，因此它所遭遇的逆境會多於溫室裡的花朵。一天，農校

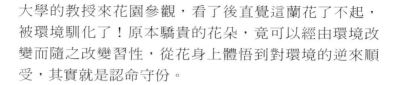

大學的教授來花園參觀，看了後直覺這蘭花了不起，被環境馴化了！原本驕貴的花朵，竟可以經由環境改變而隨之改變習性，從花身上體悟到對環境的逆來順受，其實就是認命守份。

每年，總會看到花在自我挑戰，一枝花的花莖能承受的重量有限，為了能承載數十朵的花在身上，一是強壯自己的身軀，二是柔軟自己的身軀。「強壯」與「柔軟」看似衝突，卻是相同的生存方式。曾經，一枝綠色虎頭蘭有 29 個花苞，它的花莖相當粗壯又筆直，它生存下來了，一直到開完最後一朵花，花莖依然直立，若它不夠強壯，這麼多花苞的重量隨時會將它攔腰折斷；又一枝黃綠色虎頭蘭，這顏色能開上 10 朵就算優秀了，有一年，它開了 20 朵，重量將整個花莖往下拉，形成一個半圓弧度，因為它的身軀夠柔軟，所以沒有從中斷裂，這枝花讓我感動良久，我覺得它在挑戰自己的極限，也在逆境中成長。最終我將這兩枝花留在身邊作為鏡子。

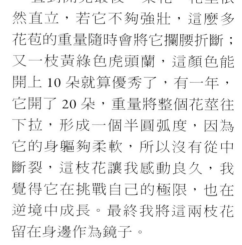

植物在逆境中為了生存，會努力的開花結果，為繁衍下一代讓生命得以永續，足見「生命」在自然中是永不放棄的。我有一盆枝垂茉莉，好幾年總是不開花，光長葉子，葉子很茂盛，有一年，用「環刻」(將枝幹用刀片刻一圈)

的方式，讓它產生危機感，當年就開花了，所以安逸的環境不是不好，而是無法激盪出生命中的花朵。

我想，生命的精神是等重的，肉身只是來完成到這人世間的使命，想起佛經故事「尸毗王割肉餵鷹」裡，尸毗王不捨鴿子被老鷹吃掉，應允將自身與鴿子等重的肉割給老鷹吃，當他不斷將自身的肉割下，往天秤裡放，就是無法與天秤另一端的鴿子達到平衡，一直到他將自己整個人撲向天秤時，終於與鴿子等重了。

很喜歡這個故事，生命本身是沒有分別的，生命的價值在天秤上是等重，角色只是來完成在這人世間的使命，因為上天賦與的任務不同而有了不同的身份。

既然生命是等重的，那麼就是角色讓人有了分別心，販夫走卒與達官顯耀，地位熟重熟輕？回歸到大自然裡，原來連角色都是等重的，植物沒有分別心，如果生來是圓仔花，就作好永遠的配花，不會妄想當主角；如果是一棵大樹，就儘管敞開雙臂，讓鳥禽棲息。不管哪個角色，只有安於自身的本份才能在當下的環境更茁壯，人、動植物皆然。若不是當了農夫，我不知道原來我這麼能幹，會噴藥、除草、種花、種樹，原來我這麼獨立而且安於寂寞，並且因為這樣的工作讓我的身體愈來愈來強壯，一直相信是大自然的牽引，引領我走向這片土地，讓我學習生命應無所住（執著），只有「放下」與「再生」，以為環境改變了我，其實是大自然改變了我。

＜自然＞
不變的是你，變的是我，
我不變，你卻變了。
我從變中跟隨你的腳步，
來到了不變，
你卻依循著天地的腳步，
從不變到變了。
我變得不再輕易離別，
你變得有溫度不再冷峻，
自然的你給了我再生。

霜 降

2017.10.23 ～ 11.6

・上篇：阿里山日出／頂湖
・下篇：傳來噩耗

131

● 頂湖

上篇：阿里山日出／頂湖

當地人說，秋天的阿里山特別美，若要看日出，就要選秋天來，除了日出美，山景也美，樹木五顏六色，高低層次，特別像一幅水彩畫。因著這句話，無論如何都想在秋天去欣賞阿里山的美及日出，為了這一天，計劃很久，特別選在霜降的節氣，心想進入晚秋後，必然可以欣賞到真正秋天的美，於是邀請兄弟姐妹一群人來共賞美景，在我大力催化，阿里山秋天日出有多麼美麗的情況下(好像我看過似的)，大夥果然興致勃勃，前一晚就先來農莊等待，那晚，晚餐後，早早將人全趕上床，但期待黎明快到的心情是很難入睡的，太興奮了。凌晨兩點半又將人全給叫醒，這對貪睡的我而言是滿煎熬的，睡不到三小時。無論是根據氣象預報，還是根據以往的經驗，凌晨都會很冷，因此預告大夥務必帽子、圍巾、厚外套，通通上身。

到了阿里山小火車站，人聲鼎沸，原來有這麼多顆同樣的心在沸騰，期待同一件事，完全沒有黑夜的蒼涼感，而我們到達的時間居然已是要坐末班車了，足見更多人是多麼「早」到啊！這一刻令人雀躍，離看日出的時間愈來愈近了。

這是六年來第二次上山看日出，第一次是三年前的夏天，那時剛買這塊地不久，一群從未來過農莊的姐妹淘吵喝要看花園的基地，並相約看日出，三個女人就可以炒熱一個菜市場了，更何況，當時我們有五個人，當晚沒人有睡意，我因為是司機，也睏了，就睡覺去，三點起床時，發現大夥居然還再聊天，戰鬥力十足。那時也是坐末班車，雖是夏天，卻是很冷，

個個大衣圍巾，在祝山站等候日出，日出是等到了，那瞬間嘩然一聲，然後人潮散去，我還來不及反應，許久的等待換來幾秒悸動，竟沒人想多留一會兒溫存久候的餘溫。在人潮推擠中，緊跟著是太陽高照了，此時巴不得將身上的大衣統統給扔了，不只如此，還哈欠連連。

這次，我們往小笠原走，天微暗，人群將小笠原的平臺給站滿，天愈來愈亮，人心愈來愈躁動，稍有一絲曙光，所有的相機就聚焦那裡，但都是虛驚一場，漸漸的，確定太陽高掛了，人潮在感嘆聲中散去，有時失落的記憶反而更深植人心。

帶領一群十幾人，滿心期待，結果是，天氣很好，絲毫沒有冷的感覺，身上的裝備顯得有點多餘了，沒有看到日出，沒有看到雲海，沒有看到楓紅，當然也沒有看到傳說中的水彩畫，而整個眼皮已快闔上了。根據統計，平均一個人十年才會來一次阿里山，心想，我應該可以十五年不用再來了！這種半夜不睡覺的行程還是留給年輕人吧！

　　走過「阿里山詩路步道」特別放慢腳步，這條詩路是由數十位詩人題詩歌頌阿里山，細細品味詩人簡介及其詩文，有些詩句經過山中雲霧洗禮已略顯模糊，手指觸摸文字的刻痕，感受已附著青苔的詩句所要傳達的意境，席幕容、余光中、隱地都是年少時耳熟能詳的作家，如今在阿里山與他們的文字偶然相遇，想起少年時讀著他們的詩，也想像他們一樣，將情懷化為詩句，但哪來那麼多愁滋味可寫呢？而今，滿腹的愁，倒不知如何下筆了，真應了辛棄疾＜醜奴兒＞的詞，此時，臉上被清風拂過，嗯～好個涼爽的秋天啊！

少年不識愁滋味，
愛上層樓，愛上層樓。
為賦新詞強說愁。
而今識盡愁滋味，
欲說還休，欲說還休。
卻道天涼好個秋。

● 阿里山詩路

　　回程，帶大家去頂湖繞繞，說「繞」一點也不為過，頂湖又叫大凍山，有許多登山步道，也可登頂看日出，相較阿里山日出，曙光時間相對長，也是美麗得出名，但是，我從來沒走過，卻能講得頭頭是道，介紹得多美、多好、多值得親臨，就像我在講秋天的阿里山日出一樣，我想「近廟欺神」指的大概就是像我這樣。

　　說回頂湖，頂湖感覺像是被群山包覆的美麗祕境，全區不到二十戶人口，很安靜的小鎮，放眼望去一片茶園，不論假日平日人都不多，總是幽靜得猶如走入世外桃源，令人心曠神怡，像被世界遺忘似的，也因為如此，經常會想到這個地方而帶朋友造訪。

　　這裡有一顆很大的山形巨石，名為觀音石，岩石的表面有很多魚類、貝類等化石紋理，據傳磁場強，習氣功的人喜愛來此練功，我則納悶，它是怎麼站在

● 頂湖

這裡的？推測遠古時期，此處可能是在海面下，經由造山運動而浮出水面，深感大自然的力量太驚人了！因此，一直覺得，身在大自然中更要學會謙卑。

● 頂湖觀音石

　　天涼，被暖，好睡，經過了一晚的折騰後，再沒什麼比睡眠更棒的事了！一早醒來推開門，又見許久未有的煙雨濛濛。趕緊煮咖啡，端著熱呼呼的咖啡要去花園散步，沒這般天氣也沒這雅興，三隻狗似乎知道我的行程，推開門的那一刻全在門前集合了，好像約好了，三隻狗跟著繞境。這些狗除了早上會陪我這個花王巡園子外，其餘時間是恕不奉陪的。

　　看雨後的蜘蛛網，到處都有，沾滿露水，不似平常的強韌，吹彈可破，形成一個細雨後才有的特殊景像；看飽滿的花苞，隨時就要盛開；看木瓜樹長大了、看葡萄樹發新芽、順手採了新鮮的桔子，這一切都是

生命的過程，既豐盛且充滿希望，而我也是這過程的
一部份。

　　＜航行＞
　　晨起，風揚，該昇帆起航了～
　　春天的綺麗正適啟程，
　　航向大海，航向遠方，航向希望。

　　前方有我不能自己的方向，
　　沒有白晝沒有恐懼沒有同行，
　　天際極光是航行的指引，
　　以蒼穹星月為伴，
　　以香草降伏恐懼，
　　用歌聲揚帆，
　　啦～啦～啦～
　　前進，前進，往前進，
　　希望的航程是夢想的巨擘。

137

下篇：傳來噩耗

2014 年 11 月還在舊園區，是接管花園的第三年，記得當時我很享受恬靜的田園之樂，當然現在還是。舊園區的海拔較高，入冬後容易聚集水氣，經常看著霧從我面前飄來飄去，偶而會看到猴子在樹上跳來跳去，偷香蕉吃，我則興致來時，會一手端著紅酒坐在陡坡上享受微醺之樂，一手端著電話與姐妹淘八卦。

山居生活看似無聊，其實甚為有趣。經常是和姐妹淘要嘛討論如何「抓猴」（台語，抓姦的意思）；要嘛聊靈修，探索逝去的為何失去，為家庭為小孩為朋友付出，失去了自我，像多數女人一樣，從現在開始，要找回失去的自己，並且堅信回不去了（過去）；而比較沉重的是聊死亡的話題，有個姐妹會因為肚子痛，而問她是不是快死了？這是問題嗎？總之，我的山居生活很寧靜但不寂寞啊！

小亞是我的好姐妹之一，個性好勝，婚姻路走得特別辛苦，她覺得婚姻觸礁，玉石俱焚是很棒的結果，我想每個人處理婚姻問題的方式不同，但「說出來」是很好的出口，而傾聽是一帖良藥，勝於告訴她「放下」、「不要想」。有一陣子我幾乎天天與她商討如何維持良好的異地婚姻，甚至要她偷偷跑去彼岸獻上自己給先生當禮物；或者直接去偷襲先生，看他有沒有乖乖的……雖然不能親臨現場，但有一同作戰的快感，我這個狗頭軍師計謀沒少過。

我拈花惹草的時間不值錢，有人陪著一起罵罵臭男人心裡較舒坦些。有次，她問我山上的近況如何？

我用三十秒就回答完了，她聽了很不解，這樣無聊的
日子我怎麼待的住啊？！還好她覺得無聊，不然我還
真為自己能這麼悠哉生活感到奢侈吶！每每與她聊完，
會豁然開朗心中沒有「怨懟」與「恨」原來是一件幸
福的事，開心自己能生活在這蘭園裡，就像桃花源似
的，每天都有一種美好的心情，是不是花藉由空氣散
播一種魔力呢？

　　記得國中讀到＜桃花源記＞，覺得怎麼會有這種
地方？好嚮往。現在蘭園就有這樣的感覺，來到這裡
自然會有很多想法，很容易就開懷大笑，心靈總是沉
靜；而回到台中，一直處在忙碌的狀態，好像不曾有
過山上的生活似的，對這裡完全失憶，一旦回到山上，
才又喚起了記憶，而每次的到來就像是頭一遭。

　　一天，近午正在園子裡採花，豔陽高照正曬著皮
膚發燙，接到小亞來電，一接起電話，像往常一樣的
口吻說：「他走了！」我說：「什麼？」她聲音稍稍
提高了些：「阿力走了。」我還是沒聽懂，她說：「阿
力死了，昨晚死在大陸，我正要去大陸。」我有點說
不上話來，她平靜的口吻讓我不得不再三確認，她像
在說別人的事，接著說，昨晚阿力騎機車酒駕撞護欄
身亡了，在清晨接到他同事的電話，請她去一趟－認

屍。當她吐出最後那兩個字時，我全身寒毛豎起，久久不能自己，「認屍」是多麼殘酷的一件事啊！不敢相信聽見的是事實。我們經常是兩對夫妻一起出遊，從四個人都未婚時就玩在一起，在同時期步入婚姻，阿力婚後雖貪玩倒也是守著家，前一刻還與她討論著，或許該去大陸定居陪伴先生，下一刻就說他走了，實在無法接受這突如其來的噩耗，心糾結了好久好久。

我與莊主面對滿桌待理的花，往常我們總是很高興理花的時刻，可以好好坐下來，邊聽音樂、邊喝茶、邊欣賞花姿、甚至打情罵俏，但這天，我們很感傷，沒什麼心情聽音樂，選擇了佛經，加上整桌的花像在哀悼死去的好朋友，懷念當我們都還年輕的時候一起編織成家立業的美夢，當美夢成真後，以為生活可以像童話故事的結局：從此過著幸福快樂的生活，真相是，幸福快樂美滿只有新婚那一天，接下來是更多的磨合與考驗。

看著冬陽斜照在阿力的遺照上，覺得這年的立冬特別冷。

第七天，小亞接回阿力的骨灰罈，我隨即搭車去殯儀館與她會合，踏入靈堂映入眼簾的是阿力的遺照，還是不敢相信人生如浮雲朝露，照片中的他依然露出

陽光般笑容，好像在對我說：「很高興看到妳。」但我笑不出來，看著一旁尚年幼的孩子無知的眼神，反而想臭罵他一頓，我與小亞相擁而泣，這一刻太痛心了！

晚上，我與小亞同床共眠，她說：「今晚頭七，他應該會回來。」很篤定的口氣。她若不要這麼肯定，我還不致於失眠，害得我整晚在想阿力會

不會進房來，然後發現有人睡在他床上，一腳把我踢下來呢？加上白天有人問我：「頭七耶！妳敢睡他房間啊！？」嚇得我整晚難以入睡，結果是被活人嚇死的，整個晚上什麼動靜也沒有。第二天一大早就與小亞去靈堂，天黑了才回來，有些累，這晚，可好睡了。我想，阿力知道我是來送他的，肯定不會出來嚇我啦！白天讀到《華嚴經》裡的一段話：「心如工畫師，能畫諸世間，五蘊悉從生，無法而不造。」這樣就明白一切唯心造了，怕與不怕在於起心動念，人鬼原本殊途，尤其跨不過善念的。

三天後回到我的桃花源，又開始快樂的生活，這裡沒有怨懟與恨，會不由自主的滿心歡愉，有真正的猴子可以抓；不用靈修找回自我，就有明確的人生方向；

沒有病痛纏繞，還能勞動筋骨，生活雖然平淡無奇，
倒也自在。

＜黑＞
夜，降下，黑將我細綁，
那凝室的氣味是黑的味道，
　　嚥不下，吐不出，倒抽口氣，
　　黑，像一團綿球卡在喉間，
　　咳不出，胸悶就快窒息了。

黑，上升，星斗撥開了夜，
詭譎的灰冒然的竄出頭，
是流星，劃破黑夜，
啪！從背而過，
那堵在喉間的綿球如一團火球，
被流星捲走了，
黑，又來了。

第十三章

立 冬

2017.11.7 ～ 11.21

・上篇：秋天 我將遠行
・下篇：旅行記趣

上篇：秋天 我將遠行

雖然是立冬，但仍秋高氣爽，正適合出門旅行。

＜秋天。我將遠行＞
秋天來時，我將遠行，
帶著我的臭皮囊，
為妳　遠行
向晚彩霞千里送行，
翻過　疊疊山巒，
是那不被知悉的千山。
孤獨與我相伴，
妳懂，千山暮暮萬水潤潤，
空谷低鳴迴盪、等待，
只為　遠離，
遠離深峻斷崖的料峭，
遠行在不被知悉的山谷，
夜　沉落在山谷。

穹蒼的星月與我為伴，
夜鷹怒視，咕噥獨鳴，
秋夜瑟瑟，溪水潺潺，
無地心思，只待天際破曉。

黎明，拂去黑夜的面紗
可以啟程了。
清晨，妳乘露迎來，
圓潤的珠露沾滿一身，
清風徐徐，

陽光灑落在妳的笑靨中，
空氣滿是散開的蘭芷香甜，
抖落渾盈浸透的水氣，
昂起頭　綻放屬於妳的驕傲。

為了這次的遠行，
我等了一年，
只為妳的容顏在秋天，
為我再一次盛開。

| 旅行 ing　第一天 · 京都 |

● 馬褂木

這是我第二次來京都。幾年前與感情甚篤的好友來過，回去後，不知何故她失聯了好長一段時間，而此次與莊主來之前我們稍有齟齬，讓我對京都這個地方有點惆悵。

到京都已經有點晚了，在巷弄裡按圖索驥找民宿，像在尋寶一樣，沒房東、沒電話，一個小時後終於得其門而入了，真不習慣這樣的住宿模式。

夜晚走在人行道上，很新奇看到「馬褂木」，這植物小苗在台灣只見過一次，從

沒見過成樹，好高興第一天就長見聞了，因為秋天葉子黃了，粗厚的葉子乍看有點像塑膠作的楓葉，不仔細看，還以為整條街道都是楓樹吶！

| 旅行 ing　第二天・京都 |

　　一早去東本願寺，隨即在大堂前靜坐冥想十分鐘，大堂前高掛的匾額有兩個大字「見真」，我看著想著那「見真」底下必定能再接一個「我」字，但因為「我」在娑婆世界中微不足道，所以去掉，在內心反思「真我」，但不必顯現出來，必能「見真」，並且在佛前心悅臣服，那麼有沒有「我」似乎也就不重要了。

　　我冥想著「我」，「我是誰」、「從哪裡來」、「要到哪裡去」以及「沒有我」，內心傳來很深的嘆息，紅塵俗世裡有我重如泰山的情執，走吧！

　　逛「京都御苑」這個大花園，深覺植物的顏色超乎視覺所見，你以為眼前的顏色似真是假？曾經看過

塑膠作的松樹樹幹，覺得怎麼會用那麼假的顏色，如今看到真實樹幹居然就是曾經以為的「假」，原來是自己見聞太少，大自然正給你不同的省思。

意外來到「永觀堂」，看到這三個字，興奮地只差沒在大街上驚聲尖叫，永觀堂的鐘聲一直跟隨蔣勳唸誦的＜金剛經＞，不知伴我多少年的晨起，太熟悉這三個字了，今日竟不覺中走到這裡，沒來過卻覺得像遇見老朋友一樣開心，還有，在這裏看到了京都最美的楓紅，彷彿一切的美好都是註定要在此相遇的。

後記：經查「見真」為日本一位高僧，為淨土真宗之祖師。

| 旅行 ing　第三天 · 京都 |

也許前兩天太累了，一早醒來已 9 點多，搭上往「太原三千院」的車已近午時，車上人多，景點人更多，反而增添幾許朝聖的氛圍。階梯俯拾而上，兩側的商家靜靜候著遊客，天氣明顯地冷了，看秋風將樹上各色葉子吹落，倒像極了一場綺麗的葉子雨。

走在佛教聖地，內心跟著踏實，不思不想，竟也走了一天，寫文時是跟著相片的記憶回朔，但沒忘的是，好多大樹圍繞著，令人安心，那是前世的記憶，也將是來世的回憶。

| 旅行 ing　第四天 · 京都 |

去了「美秀美術館」，看了貝聿銘晚年的作品，有感生命的本質最後是回到最初與自然，若不是年輕壯遊世界，看盡世間美景，不會有這麼深刻的體悟。

少年離開家鄉卻不曾忘記心中的桃花源，在八十歲的時候用這樣的心境創作出與大自然生命融合的作品，竟是回到了最初。雖然美術館裡面有很多館藏，但我卻沒有進去細數，只在館內閒走，看著落地玻璃帷幕，手隔空觸著窗外的大樹幹，感受一個人到了晚年，選擇回到最初與自然是什麼樣的心境？是真實與不捨吧！我想有一天我會明白生命的終點是回到初心的桃花源。

● 通往「美秀美術館」

走出館外，當我看到兩旁光禿禿的枝垂櫻時，不自覺地開心了起來，手舞足蹈，轉圈圈灑花，我能看見她全盛開的美麗以及落英繽紛，無庸置疑，太漂亮了！

接著，在日正當中，走了將近 10 公里到第二個景點「陶藝之森」，又餓又累，我想那已經不是我的腿了，好想跟腿說再見，你走吧！我不想走了。在天黑前，用最後的力氣走到一個超級鄉間小站「玉桂赤」，

連拍照的動力都沒了。

倒在床上的那一刻，終於，一天結束了，YA！

| 旅行 ing　第五天‧京都 |

起早起晚似乎對行程沒有太大的影響，體力是固定的，加上今天下起雨來，興致並不高，也影響了戰鬥力。

去了奈良，看會說「謝謝」(其實是點頭)的鹿，覺得可愛，但我童心已泯，無心餵食，只當旁觀者，看每一個餵食的人，最後幾乎都被小鹿斑比「盧」得落荒而逃，覺得挺可笑的。

到「春日大社」，這是我見過最多燈座的神社，大大小小不一，好壯觀呀！石燈座的邊緣垂掛著露珠，彷彿有著眷戀不捨，知道我明天就要離開京都了。總覺得時間不夠，但又想趕快結束行程，旅途中難免會碰上不快樂的事，會讓人想抽離，但我試著讓「快樂」與「不快樂」並行，如果人本身是一個空間，那麼存在空間裡的情緒會有很多種，不能讓衝突的情緒產生碰撞傷了自己，而是要讓不同的情緒在各個軌道上並行，在人體這個大空間裡試著作到「定」，不輕易被各種情緒綁架才是啊！

| 旅行 ing　第六天‧京都‧大阪 |

在離開京都這天，作了最後衝刺，也遂了騎腳踏車的心願，沿著鴨江享受著秋日和煦的陽光；無意間來到一個市集，裡面有我愛的跳蚤市場，看當地人將自家不用的鍋碗瓢盆拿出來擺攤，這是我很熟悉的場

景，在台灣我也經常逛跳蚤市場，因此很快就融入了；在「哲學之道」感受清風拂面，文藝氣息濃厚，沿途楓葉多變，草木扶疏，流水潺潺，是一條值得花時間用心漫步的小徑；到了「銀閣寺」，雖然來過，但記憶早已褪色，也罷，逝者已矣，當下才是最美的。

　　騎了大半天的腳踏車，從最初的愜意，到最後的四肢麻痺，又冷又僵硬，只想趕快把腳踏車丟掉，逃到大阪取暖。

| 旅行 ing 第七天 · 大阪 |

　　三年前來到日本一棵大銀杏樹下，那是我第一次看到那麼大棵銀杏樹，有了震憾，當下有所啟發，生命的意念沒有盡頭，也許前世早已來過這棵銀杏旁，

才會有所感悟。

回到花園後，看著種下的樹苗，感慨人生不及樹，竟有了乘願再來的瞬間，是銀杏樹給的念頭，生命是場無止盡的延續，急什麼？

後來，我一直想不起來那棵銀杏樹是在哪看見的，今天去「天守閣」，不自主的加快腳步前行，來到根前，我念念不忘的銀杏，原來在這裡啊！我笑了出來，說：「我來看你了，讓我抱一下。」

| 旅行 end　第八天‧大阪 |

將採購留在最後一天，似乎盤算錯誤，買得有點匆忙，不能享受購物的樂趣，反而像上戰場似的殺進殺出！都不知道在瞎打哪場戰役。

旅行結束了，同時也結束了人生中的一段旅程，這段旅程的步伐，大概是我有史以來最沉重、最捨不得說再見的，但到終點站了，只能噙著淚揮別人生中曾經搭載的十七節列車。

＜忘了＞
忘了曾經，忘了過去，
忘了過去曾經的美好。

記得曾經，記得忘了，
記得忘了美好的曾經。

不忘，不忘，絕想北大武，
夕陽餘暉倒映我倆在滔滔雲海，
深情環抱是今生告別，忘了！

下篇：旅行記趣

<旅行>
在按下快門的那一刻，
旅行就塵封為記憶了。
也許會忘了，也許會殘留在相片裡，

相片，是記憶的延伸。
你問我去過哪裡？
我也不知道，
層層疊疊的影像早已不復存在，
留下的其實是快門的記憶，
旅行的軌跡就留給一張張的相片記敘吧！

　　秋天，是正要進入農忙的階段，因此總在農忙前
選擇去旅行，是充電也是放電。旅行，常常是因為太
愛工作，而強迫讓自己遠離工作；也因為太戀家，硬
把自己丟出去，若沒有藉著旅行出門，很有可能一整
年都泡在工作裡或窩在家裡。

　　看再多的旅遊書，都不及親身實地體會來的深刻
與真實，旅遊的深度與寬度因人而異，所見所聞的人
文歷史，自然有不同的領悟，有道是讀萬卷書不如行
萬里路，但隨著工作繁忙，這階段的旅遊多半是出門
休息居多，談不上增廣見聞。

　　去的國家並不多，但每次出遊總有些難忘的事。
有一年到吳哥窟，乘船在黃河滾滾的四臂河上飽覽美
景，同時享受下午茶時光，正品嚐這份慵懶時，突然
風雲變色、狂風大作、豪雨滂沱，所有的人、桌椅、

食物都在一瞬間傾倒，亂成一團，尖叫聲此起彼落，不一會，船身開始傾斜成 45 度，團員們擠成一堆，風雨依然有增無減，而我前一刻還因悶熱而冒汗的身體，此時已經全身溼冷而顫抖不已，眼前的視線開始變的模糊不清，風雨呼嘯聲不斷在船內打轉，幾乎要翻船。船上並沒有救生衣，每個人都慌了，看著離我越來越近的河面，當下，腦袋是一片空白，甚至想不出人生還有什麼未竟事宜，只等著船掉進水裡了，我緊閉著雙眼作最後的準備，再睜開眼時船已被拖靠岸，緊繃的神經在此時才鬆懈下來。一跑上岸，竟見大樹下有一群小孩頂著大雨在嬉戲，相較於剛才在河面上所經歷的生死一瞬間，真有天壤之別啊！

有一年和莊主去印度，作為期十四天的商務旅行，那是我第一次出國門這麼多天，很興奮。到印度的第三天，中午離開飯店前，我刻意準備了幾件衣服和日用品要送給「那個小女孩」，猜想出去用餐一定會遇到「她」，她從我們來的那一天開始，就神出鬼沒的出現在我們身邊，衣著髒兮兮的，卻總是笑嘻嘻伸手向我們要錢，一直跟到給錢了才肯離開，我固定給她十元。她果然如預期出現了，只是身後多了一位女性，手中還抱著嬰兒，我告訴她，我們要離開了，她用母語先自我介紹後，再介紹這位女性，我們就當作是她的媽媽、妹妹吧！然後，她的小手擦了擦衣服，伸出手很正式地分別與我們握手並道別，她媽媽則微微的欠身，心想，這小女孩真有意思，這麼小就知道生命的價值是等重的，她沒有因為乞討而看低自己，反而是有尊嚴的。

有一天，在孟買沙灘上買了三個大貝殼，700元，貝殼總是能逗我開心，小心翼翼地捧在懷裡，順手也買顆椰子喝，幾個小孩子不明就理跟在後頭嘻嘻笑笑好一段路，待我一丟棄椰子，十隻手全往椰子搶，搶到的小孩迫不及待就著吸管大口大口吸，當下很震撼，他一點都不在乎那根吸管是用過的。生存比什麼都重要，生命種子不怕髒、不怕惡劣的環境，就怕衝不出泥土表面往上攀爬，更無懼別人的眼神，反而是我害怕和他們四目相視，慚愧自己手上那幾個貝殼，相較於能溫飽，貝殼是不值一文錢啊！

又一年去尼泊爾，在當地的一個小機場要轉機，我因上洗手間，便將身上的手提包交由莊主保管，沒待我回來，他先過安檢，不一會，他出現在我面前，說海關人員要我一同安檢，我驚覺有異，問「那我的包呢？」「在裡面。」心想，有鬼，果不其然，我一進安檢，海關人員什麼都沒說，手一比，示意我們可以過去了。那個安檢站，很簡陋，就一個布簾，沒X光機，也沒攝影機，所有的行李，包括錢包都是直接打開讓海關人員看，一過去，我馬上檢查錢包，100美金飛了！

沒想到這輩子能到荷蘭看滿園的鬱金香、到比利時看尿尿小童、到羅浮宮和蒙那麗沙見面、到凡爾塞宮遊後花園、登凱旋門看巴黎鐵塔、在香謝麗舍大道與繽紛的馬卡龍有約、坐船遊塞納河……這些名字從書裡、電影裡，在心裏魂牽夢縈地勾勒著，那年像紅樓夢裡的劉姥姥進大觀園似的開了眼界，有太多讚嘆了。

紅樓夢裡只有劉姥姥是真的，其餘都是假的，所以在法國，看著大夥萬把萬把塊的名牌包一個接著一個買，像不用錢似的搶購，那些高貴的名牌包對劉姥姥來說不如她的菜籃實用，法國田螺吃起來也沒咱蝸牛多肉，她新鮮大觀園裡的人，只能不斷「嘖嘖嘖」這真實嗎？這。但，美麗的巴黎人文氣息，足以令人屏息聆聽是真實的，雖短暫停留，但鐘聲縈繞不絕於耳啊！

澎湖是我讀專科的地方，唸完兩年書後，就愛上這個海島。於是，畢業後，維持每年去旅遊，有人問，經常去，不膩嗎？相較於「每天」例行性的工作，「經常」又顯得微不足道了。有一年，我獨自來到澎湖，那時，心情很低落，沒有目的，沒有方向，連住的地方都沒著落。一下飛機，就後悔了，有種不知該何去何從的落寞，發懶的在公車站等候公車，身旁是一對也要去市區的老夫婦，兩人一直鬥嘴，有點逗趣，我想這就是老來伴（拌嘴）！老公說要找人接，老婆說不要麻煩人，老公說那搭計程車，老婆說，搭公車，於是我跟著湊熱鬧，說：如果不趕時間，那就搭公車，如果趕時間就搭計程車。不一會，老公攔了一輛計程車，招呼我也一起上車，因此坐了一趟順風車，車上，兩人還是繼續為坐車的事一搭一唱，這時，我可不湊熱鬧了，都已坐在車裡了嘛！呵呵！

● 澎湖離島

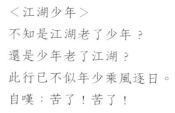

花舞山嵐農莊

阿蓮娜的心靈花園

舞

＜江湖少年＞
不知是江湖老了少年？
還是少年老了江湖？
此行已不似年少乘風逐日。
自嘆：苦了！苦了！

才知年少輕狂，是少年江湖，
終日頂烈艷迎風踏浪，馬不停蹄，
乃至披星戴月，弄潮汐水，夜不歸營，
醉在其中，引以為樂。

同一方寸，再回首卻已百年身。
竟是步履蹣跚，舉足為艱，
視艷陽為毒蛇猛獸，唯恐見光必死無疑，
欲乘夜晚涼風飲酒作樂，
享受快意人生，
無奈，眼皮已垂垂不振，
身已不由心走，
引以為苦。
才知，終究是江湖老了少年！

● 巨蚌船蛤

翁戎螺

第十四章　小雪

2017.11.22 ～ 12.6

· 上篇：新美娘來了
· 下篇：初見的喜悅

上篇：新美娘來了

虎頭蘭之名，因舌瓣的花紋如虎頭而來；又據傳，某一次虎年，腦筋動得快的商人因其花朵碩大，將之稱為虎頭蘭，而大發利市，從此「虎頭蘭」便成為大家最耳熟能詳的名號了。其主產地在亞洲東部，又名「東亞蘭」，屬名 Cymbidium，諧音為「新美娘」蘭。這三個名字就屬「新美娘」聽來最為嬌柔，但不知是否與她碩大的長相最為不搭，相對少人用這個名字稱呼，但我還滿喜歡的，感覺就是「新娘」呀！

虎頭蘭是花舞山嵐農莊主要產出花卉，她是花園的首席女王，其花朵碩大厚實，花型渾圓大器莊重，姿態遺世獨立。一株虎頭蘭一年只成長一枝花，可以長達一公尺以上，一枝花莖多則有 30 幾朵花苞，重達 2 斤，有份量地位的象徵，其切花鑑賞期長達一個月，能細細品味，若是盆花則更久了，因此值得用一年的時間等待，而盛產期時值過年，其諧音「福都來」正好是年節饋贈師尊長者的最佳首選好禮。

有次送花去拍賣市場，順道逛了一下花市，在一間花店裡遠遠地看到幾枝虎頭蘭躺在花架上，我一眼就認出那是我家的花，走近看了看，摸了摸，就像在異地遇見熟悉的人，好親切，只是，她應該已經在這裡躺好幾天了，已失去原有的光澤，端詳好久，店員都出來招呼了，說這花可以瓶插很久，也不知要回什麼？放下花，笑了笑，又走到另一家花店，看到軛瓣蘭，無庸置疑這枝花只有我的花園生產切花，當下我就像秘密客，問這是什麼花？一枝多少錢？呵呵，滿有趣的。好想回頭問虎頭蘭同樣的問題哦！可見軛瓣

蘭在我心中像個朋友般輕鬆，可以開玩笑；而虎頭蘭像個長者，心態上較為拘謹。

雖是小雪的節氣，但台灣不下雪，自然沒有小雪飄落，但溫度確實下降了，溫度不降，虎頭蘭不開，當感受到涼爽時，水氣、雲霧開始多了，我知道，新美娘就要來了！

出走十天（旅行京都）的下場就是滿園的花等著收拾，只能說忙得不亦樂乎，其實是昏頭轉向。天漸冷，花漸美，漸多，偶而要加個小夜班了。夜闌人靜理花有別於白晝生氣盎然，一樣享受理花的樂趣，外暗內明，頗有眾人皆睡我獨醒的意味；工作室裡整晚流洩著「卡農」音樂旋律，又有點像咖啡館了，這是我最愛的音樂，經常可以聽上一天也不膩，晚上聽來更像是熟悉的情感陪伴著。想想以前的工作室在戶外，經常冷到手是凍僵的，就覺得當下很感謝，我為大自然工作，大自然回饋給我的只有更好；天冷，小狗蜷在角落像在陪伴著；每枝花總要拿在手上端詳個三秒，那三秒是我最愛自己的時候，為什麼？因為專注，因為讚嘆，而當下有了沉靜的心。最近只有自己一人理花，未免隔天來不及出貨，必須趁天黑前再剪些花，經常是走完一圈花園，衣服也被葉子上的水珠撥得溼答答了，身子都涼了，為的就是能在夜晚獨自品味花，雖孤寂卻也美好。

連著幾天都在仙境中，真是太舒服了，連女工也時不時尖叫著，起身拍照，他們在這裡總是很快樂，甚至告訴我，朋友都說他們一點也不像在工作，怎麼能整天都在照相、上傳臉書？像在玩。我聽了也很高興，一個能讓人炫耀開心的工作，我與有榮焉！遇見

這樣的天氣，在工作室裡工作的我，也時不時跑到外面拍拍照，不想把自己關在裡面，捨下美麗的風景埋首工作，而辜負大自然的美意。

第二期整地工程結束了，有一個大景觀台，是喝咖啡賞落日最佳的位置，平臺下方有一塊很棒的種植區，想了很久，居然選了咖啡樹，會這麼說，是因為咖啡一直都不是我的首選，才會拖到現在，但為了讓來客能喝著咖啡看著咖啡豆的樹，有一種自然的回饋感，品嚐起來會更香醇吧！於是，用了一早上種下130棵咖啡樹。這批咖啡樹已經等入土三年了，一直不讓它們長高，就一直斷頭，現在它們終於可以盡情伸展身軀。到了下午，整個園區籠罩在水氣中，非常溼冷，女工們全縮在屋裡不上工了，只剩我這首席女工仍辛勤勞動著，我一直都很享受只有我一人的花園，寧靜、祥和，置身在山嵐中，與天地融合，有時甚至會忘了自己的存在。

　　有天早上，一群人站在農莊的護欄邊，又是讚嘆又是拍照，以為是在欣賞花園吶！待我往上走，回頭一看，原來雲海又已悄悄地來到花園中，而我就住這等美景中，也不知要羨煞多少人呀！但仙女也有凡間事要打理，女工一句：「姐姐，沒米、沒菜、沒醬油了……」我就下山去買，不是什麼苦差事，這天接近中午時分，正愜意在園區裡漫步時，女工突然大喊：「姐姐，沒瓦斯了！」我看著那如大象鼻子長長的瓦斯管線連著瓦斯桶，突然覺得它是怪獸，晃神了三十秒之久，然後幽幽的說：「姐姐不會拆那條線，也不會裝。」心想，不要吃飯好了，統統去睡覺吧！睡著就不餓了，實在不想面對要去買一大桶瓦斯回來的事實。其中一個女工說：「我會。」(灑花＋歡呼) 就這樣，為了四張嘴，我表現得像是去買一瓶汽水般輕鬆，拎著瓦斯桶去，又拎著瓦斯桶回來，其實二十公斤的瓦斯桶哪是用拎的呀！是要用扛的！這時真想回仙界啊！

161

下篇：初見的喜悅

當我初次看見虎頭蘭從盆栽裡一枝一枝抽高，然後慢慢遍佈整個花園，接著各色的花依序綻放，那是一連串對生命的喜悅感，生命總是經由不同的方法讓你知道，成長是充滿驚喜與美麗的。

虎頭蘭花色很多，除了色系外，花朵數的多寡也是影響價格很大的一個因素，姑且不論價格，每色花都有它的特色，不是金錢所能衡量的。綠色是花裡較為少見的顏色，綠花其莖粗壯有實，長度經常可達一米以上，花朵數最多可達三十朵左右，花朵枯萎會漸漸的變黃，反而形成另一種顏色。綠色虎頭蘭在群花中總是特別突顯，很有個性，頗有花中之王姿態。

紅花自古以來就有它地位的存在價值，雖普及卻也是屹立不搖，是基本色系，紅色虎頭蘭雍容華麗，熱情亮眼，花莖不輸綠虎，一樣粗壯有實，長度達一米也是經常有的，朵數可達二十左右，其花朵就算枯萎也不易察

覺，堪稱是所有花色中最持久的，花季適逢過年節慶，若能在家中插上一盆紅虎剛好火紅一整年，偏偏紅花花期較早，到過年時往往能採收的已不多了。

乳黃色虎頭蘭碩大粗壯，與紅色虎頭蘭在各方面有相同特色，猶記得剛接花園時，想淘汰一些較不具競爭力的花色，乳黃色因為是中間色調又容易受氣候影響而品質不一，於是考慮將之丟棄，但我於心不忍，為它請命留下，沒想到接下來的幾年，它花開得特別漂亮、特別大枝，又特別受台中市場青睞，身價比紅虎還火紅，不枉費當年將它保住。不知道是不是知恩圖報？應該是。

暖色系的金黃色虎頭蘭，在冬季裡特別顯得溫暖動人，是所有虎頭蘭色系中最纖細修長，其花莖經常可達一米半，花朵數約在十幾朵，其高挑的身材搭配勻稱的花序，在微風中熠熠蕩漾著更顯貴氣，又適逢過年全盛開，因此，金虎在過年時好比黃金單身漢般搶手呀！

白色虎頭蘭純潔典雅，端莊秀麗，是最早開花的一枝，花朵數二十幾朵是稀鬆平常的事，枝幹修長，很容易就超過一米高，秀氣如她，花莖較為柔軟，也經常因為背負太多花朵數而顯得微彎，形成一個半弧形的特色，白色花期幾乎貫穿整個花季，是我最喜歡的花色。

檸檬黃是所有花色中最短小精幹的，活潑俏麗，花朵數約在十幾朵，花莖約兩尺長，但顏色鮮豔彌補了它不起眼的部份，若將它擺在群花裡，不自覺會被它神清氣爽的亮黃給吸引住，它總是姍姍來遲，經常

是在花季的尾聲才悄悄盛開。

　　經常聽到賞花的朋友說，我能夠這般愜意的種花與花對話是因為不是靠這花園維生，不然不是這樣輕鬆以對，我也這麼認為，至少這六年來花園還不成氣候，賺錢沒有，花錢倒是不少，這都要感謝莊主疼愛有加，因此經常在內心不斷的發出感謝他的訊息給天地，並祝禱他事業蒸上。2014 年是我們擁有花園的第二年，他給了我這一生最幸福的一刻，含蓄的他難得在我生日的時候這麼深情，寫給我：「蓮妹，祝妳天天像蘭園的花兒一樣嬌美，隨風搖曳，婀娜多姿！」我高興的不得了，為他寫了一首詩。

＜情絲＞
絹絹情絲，
跋涉千山萬水，
只為～
穿越你的髮，你的指。

你～
如一縷煙，
縈繞我的身，
扣住我的心，我的指。
此身化為一抹笑，
此生只為你綻放。

地衣

經常看到的植物一直不知道名字，突然知道時會很開心，像「地衣」，經常在石壁上或檳榔樹上看到，多年來始終不知它的名字，也很難查起，無意間在書裡居然看到了，從此再也忘不了。

有一年在岩壁上看到如綠珊瑚絨的地衣，並且是兩圈漸層色，實在是太美了，以往經常看到的都是如銅板大小並且單色，能見到如掌心大的在我這園區很少，當下端詳了好久，心想有一天一定要叫出它的名字。大自然就是這麼奧妙，當你想認識它，它會用它的方法讓你知道。

後記：「地衣」是一群非常奇特的生物體，也是地球上十分古老的一群生物。它其實是由許多無色的真菌類菌絲和具有顏色的藻類細胞，彼此間完全協調並共同維繫著生理機能的平衡，而共同生活所組成的複合生命體。

同樣的，有些植物，因為看多了書本描述，當那個植物活脫脫出現在你面前時你一定認得他，就像叫出老朋友的名字一樣，那是種奇妙的感覺。像枝垂櫻，太熟悉的名字，也看過圖片，有天走在路上，一眼就認出是他了；像蛋一樣的雪松果，結實累累的在樹上怎麼能不驚叫，原來真的跟書本說的一樣像鴨蛋呀！無法相信眼前的羽毛楓居然形成一大球，比書裡大太多了；水杉原來可以如此壯闊、松在峭壁斷崖上蒼勁傲骨誰能與其爭鋒呢？

從書本走出去看植物時，會驚訝大自然的力量造就千年的生命依然高昂，愛上樹(植物)是一種很奇妙的感覺，欣賞他的姿態、氣質，就像欣賞金城武一樣，怎麼看怎麼舒服。

大 雪

2017.12.7 ～ 12.21

・上篇：愛別離
・下篇：衝突

上篇：愛別離

　　第一次獨自在花園的夜空下散步，在這大雪節氣裡，若真能在星空下飄著白雪片片，那麼是再美不過了，但終究是幻想。天氣微涼不冷，適合走走路，黑夜中反而思緒更清澈，我看遠山燈火點點，我想他們看我亦是，因此還不算太孤單，看著即將完工的花園，心裡有無限惆悵，原本該高興的事，卻因為上天的磨難而讓我陷入迷惘中。

　　亞力山大三世，一生征戰無數，沒有嚐過敗仗，三十三歲打到印度時，不知等在那裡的竟是死亡，一場瘧疾，僅僅十天，就將他的生命奪去；曹操在他人生最巔鋒的時候，釃酒臨江，率領八十萬大軍打赤壁之戰，最後卻失敗。聽完這兩個故事讓我心有戚戚焉，當人在得意的時候，永遠不知道等在後面的是什麼？同樣的，當自以為人生走到谷底的時候，真的已經到底了嗎？

　　曾說，這是我人生中最快樂的階段，萬萬沒想到，卻在此時摔一跤，反倒成了人生最低潮的時候，於是開始咀嚼令人措手不及的「無常」；繼前年上天給我「死別」的課題後(寫在第二章下篇「與死亡相伴」)，這次又給我出功課了，在這之前，我是如此驕傲自慢，有一個充滿夢想的農莊、有一位願意與我胼手胝足一起開墾荒地的伴侶，羨煞多少人，我也引以為傲。就在這時「無常」找上我，取走我生命中的伴，並且是我生活裡唯一的伴，讓我驟然嚐到孤苦，頓時無依，在寂寞的虛空裡翻騰，一個人面對黑夜來臨，再面對黎明昇起，至此，我自傲的心不再貢高，反而陷入谷

第十五章

底，終於我知道什麼是「愛別離」。

　　佛說人生有八苦，其中一苦就是「愛別離」，我想人生之所以有這麼多苦，是因為嚐過甜美，唯一能苦中作樂的想法是，至少不是「死別」，「死別」是一件很錐心的事，更別說與「另一半」，既是另一半，在精神上是同一個肉身，有身體的記憶，有人要我就當他死了吧！當下眼淚撲簌簌，不，死的是我。可以理解相愛的伴侶，有時會希望對方先自己而死去，是因為留下的那人太苦了！雖然我不能和他在一起，但知道他還活著，那麼是不是擁有對方的實相，相較於死別的重，愛別離又顯得輕了。

　　在「與死亡相伴」的篇章裡，寫到面對死亡是很大的學習，這次面對人生的無常，亦是很大的學習，那次的「死別」有他一起陪在身旁面對，讓我不致於害怕，而這次的「生離」卻是與他。當年在好友臨終前，不斷在她耳邊說著：「心中要帶著愛離開人世」，回想那次的「死別」竟是為這次的「愛別離」舖陳，正是今天自己受用的，一切的安排早就寫在人生的記事簿裡，我帶著愛與他告別，他等同我一個人世。我用更多的「感謝」與「愛」面對接下來的生活，因為相信「愛」本身就是一種能量，也一直秉持著在困境時，

更應該用正向的思想在逆境中乘風破浪。

　　一直以來我以為「愛」是對等的，其實，愛不是對等的，失去愛以後，我才開始認識愛，咀嚼愛所蘊含的本質在關係中所傳遞的精神，透過這樣的覺知，雖然失去他，我沒有崩潰、沒有失控、沒有失眠，最壞就是掉淚，金剛經裡有一句話「應無所住，而生其心」（心應該無所住），但我們的心總是有所住，住愛人、住小孩、住事業、住父母、住金錢……而我心還住著他，所以掉淚，內心有無盡的不捨，若說至此有什麼遺憾，就是沒能好好的告別。此時的我，如同一枝凋萎的花，再也沒有光彩綻放，所有的夢想與成就感，都不及擁有一個家來得讓我陶然。自古英雄為了美人而打江山不在少數，我懂，走在星空下，看著這一片日趨健壯的花園，沒有相愛相知相伴的人分享榮耀、分憂解勞，再大的江山都只是一坏土。

　　感謝上天在我最得意的時候摔一跤，以前不懂這句話，現在懂了，這一跤，就是「無常」，是為了讓我體會什麼叫五體投地，把自己放到最低，從頭審視自己，修正自己，因為不完美的人生，反而造就人生更完美，經由這樣的覺察學習，我未曾在他驟離後，心中有過「恨」，如果有恨，那麼我往後的人生只會在充滿怨懟與不快樂中渡過，已經失去他，不能再失去善良的我；同時不再審視過去了，過去的糾結，若將來撥雲見日，那麼都是微不足道的，此時，跪在佛前為人生走到坎境深深懺悔是心中一帖良藥。

　　冷涼的天氣很適合種樹，尤其立冬過後是最適合的時節，這時候樹木多半處在休養的階段，待春天一來，便恢復生機開始茁壯，陸續種了牛樟、黃花風鈴

木、肖楠，種的都不是我的樹，是他，當我用圓鍬挖很深的土，然後埋下土球那一刻，才察覺到原來透過這次種樹，我又再向過去一段很長的生命告解，尋求與那個一起走過最刻骨銘心的歲月的靈和解。

過去我曾用不同的方式與不同階段的自己或他人達成靈性和解，無非是企求能讓生命趨於圓滿，而這次，我知道，種樹，從此對我有了不同的意義，他是我生命中很長且重要的一段過程，因此要用相對多的時間滋養，才能讓自己得到心靈上的寬慰。

初冬的清晨，漫步在花田裡，感受陣陣涼風吹來，吹開了沉睡中的花，心情也跟著吹開了。想起前幾年，又是套房管理、又是山上、又是公司忙碌著，有一天兄長笑著對他小孩說：你姑姑以前沒有這麼愛賺錢。那倒是，三十五歲以前，我一週工作十小時，周休三日，三十五歲之後，我一天工作十小時，全年無休。突然覺得，人生的低潮不正是退潮嗎？讓自己回到地平線看清楚本我，找回那個沒那麼愛賺錢的自己。現在，我有了一塊土地，至少是值得慶幸的事，能夠在大自然中安身立命是人生很大的滿足，夫復何求？此時，我仰望著天際，品味詩人王維＜終南別業＞裡「行到水窮處，坐看雲起時」的心境，終於又可以放慢腳步，回來作自己了。

＜轉身＞
我們都太輕易轉身。

年少時以為懂愛情，奮不顧身，
像飛蛾撲火，撞得遍體鱗傷，
如泣如訴，肝腸寸斷，
相信天長地久就是朝朝暮暮。

而今，滄海桑田，白雲蒼狗，
轉身，輕嘆一聲，
耳邊竟迴蕩那盈盈笑聲，
是曾經願意用生命換來的快樂，
是那年少不經歲月愛情的齒笑，
多麼美麗啊！

轉身，輕嘆一聲，
眼前竟是巔跋來時路，
是曾經以為的愛情大道。

我們都太輕易轉身，
髮已花白，膚已疲皺，
不再為愛情齒笑，
卻被愛情取笑～～

你們都太輕易轉身了。

下篇：衝突

<幸福>
今天就要牽起你的手，
從此一起天涯海角，
你說，帶我向天際飛翔，
我說，你就是我的天空，
這是我們說好的幸福。

今生不會放開你的手，
說好的天涯海角不變，
你說，帶我向大海航行，
我說，你就是我的大海，
這是我們說好的幸福。

今世緊緊握著你的手，
不再天涯海角，
我問，為什麼？
你說，我就是你的海角天涯，
我們說好的幸福不變。

可以不要這麼幸福嗎？
幸福說～
我在你們手裡，
但是，
請不要鬆開手，
我不想孤伶伶。

「幸福」跟「衝突」其實是不衝突的，用「幸福」來開場「衝突」無非是要表明「幸福」底下確實存在著「衝突」，「衝突」底下也存在著「幸福」，而「衝突」的本身並不衝突，亦即有衝突是正常的，如同唇齒相依都還會咬到一樣。

這大概是我最難下筆的單元，每一個事件的回顧都像再重新經歷一次似的。但藉由重新面對「衝突」，何嘗不是重新檢視自己呢？進而達到與內心和解，安頓自己的靈魂。

當花園漸趨成形，理念卻漸趨背離時，衝突就來了；當雜草像春天的野火一發不可收拾時，衝突也來了；當時間與金錢無法適當分配時，衝突又來了，也因為愛得太炙熱，無法撲滅衝突烈火。對於衝突我始終是不慍不火的態度，不知爆跳如雷是什麼感覺，曾經希望自己能隨心所欲的發脾氣、砸東西、鬼吼鬼叫，想像那一定是很過癮的事，但從來沒有機會，環境讓我愈來愈樂觀，愈來愈沒有稜角，歲月讓我的心性愈來愈沉，但不代表能消弭衝突，而當衝突不再時，幸福也不在了。

回頭細數六年「衝突」這件事，就像喝水嗆到一樣，身體的反應或大或小，可以確定的是此時已無恙，只是徒留傷感，心境如同李商隱的＜錦瑟＞。

> 錦瑟無端五十弦，　一弦一柱思華年。
> 莊生曉夢迷蝴蝶，　望帝春心托杜鵑。
> 滄海月明珠有淚，　藍田日暖玉生煙。
> 此情可待成追憶，　只是當時已惘然。

第 十 六 章　　冬 至

2017.12.21 ～ 1.4

- 上篇：豐收
- 下篇：美麗的錯誤

175

上篇：豐收

每年冬至，花的產量都來到最高峰，一個禮拜往往能收個三、五百枝花，從早忙到晚，一刻不得閒，這個時候真巴不得自己是八爪章魚。來園區內施工的鐵工看到整個工作室擺滿了花，說要跟我買花送女朋友，哇！感動，買三枝花的錢，他今天就不用吃飯了，當下想到名符其實的「鐵漢柔情」。

豐收，對每一個農民而言，所代表的是一年的辛苦終於有了回報，沒有受天災或人為的影響而失去農作物，心裡是雀躍的，但豐收不代表收入相對豐富。產量大，價格低，甚至跌到成本以下，索性不採收，還省了人事成本，這樣的事情長久以來總是不斷上演，花卉何嘗不是？我豐收

時，別人亦豐收，市場上的交易量大，花最美的階段，價格卻是最低的時候，但我不捨花朵兒就此凋零，無論如何都會將她打扮得漂漂亮亮站在拍賣場上，這是我的驕傲。

　　很多時候，我們很難用「值不值得」去探討一件事，若「值得」等於「金錢」，那麼，很多事是不值得的，我花了很多心力在這個花園上，但回報的金錢太低太低了，低到甚至負債，值得嗎？若認同用金錢來衡量的話，我是在作一件非常之傻事，回顧過去所有的工作：補習班老師每天穿得漂漂亮亮的，再灑上香水，把自己當成一枝花，踩著高跟鞋騎腳踏車上課，香味隨著長髮飄散，每天等待著愛情出現，就像浪漫

小說裡的女主角，錢賺得還算輕鬆，又得小朋友「香香老師」的美名，如果能永遠二十五歲，那麼，一輩子青春倒也值得；經營套房出租，生活開始忙碌了起來，巔鋒時，代管近百間，把自己搞得像典獄長一樣，一大把一大把的鑰匙掛在身上，就不知哪天鑰匙（要死）掉了，怎麼辦？是撿起來先？還是送醫先？這個階段，收入頗豐厚，相對的，花錢也較沒節制，談不上精神層面，更別說心靈有多貧脊了；會計一職是與莊主一同創業所擔任的角色，這是一段相當長的時間，這份工作唯一的樂趣是能與莊主同進同出，符合我對愛情的期望，套一句張愛玲說的，我最愛的名言：「見了他，她變得很低很低，低到塵埃裡，但她心裡是歡喜的，從塵埃裡開出花來。」此時我們的經濟生活漸趨餘裕，但心靈似乎不滿足；花農的角色，是收入最低、付出心力最多、身體勞動最大的一份工作，得到的是氣定神閒，心靈飽滿，身體健康，夜夜好眠，對生活容易知足，學會自處等種種都是錢所無法衡量的。

　　人生不會白走，無論哪個階段，概括起來，都是豐收的，所收價值不一樣，豐收了青春、豐收了金錢、豐收了情愛，最後豐收了心靈。

　　最近看到一本書名，讓我感興趣，「正念：此刻是一枝花」（原著名稱：Wherever You Go, There You Are：Mindfulness Meditation in Everyday Life）字面的意思求解後應該是：「身隨意往。意念在哪，人在哪。」百思不解與書名中文翻譯似乎全然不同，但無論如何，我喜歡這個書名，也因為這個書名，讓我很認真聽完它的有聲書。

　　我一年要經手上萬枝花，深刻體會一直要到花朵完整無瑕剪下，送到欣賞她的人手上為止，一枝花才算生命圓滿，這本書講的正是生命圓滿的過程。因為生命多半不圓滿，所以祈求圓滿成了人生的功課，我也不外乎有這樣的想法，我的人生一直是跌跌撞撞，企盼在軌道上，卻背道而馳，渴望擁有，卻一無所有，勤於營生，工於修心，莫不是為了圓滿人生。而一枝粗放 (非溫室) 的花從花芽分化開始，要經過風吹日曬雨淋、病蟲害等考驗，到長成亭亭玉立需要一年，是多麼不容易呀！如果整個花園最後只剩一朵花開，那麼，也是豐收，為自己喝采，生命的綻放盡其在我，我心中唯願，此刻正是一枝花。

　　別小看一枝花的力量，很多時候人與人之間的紛爭是靠一枝花化解，愛情的進展也是靠一枝花，對神佛菩薩的虔誠亦是靠一枝花上達，美麗的力量不容小覷。

＜繾綣＞
花與瓶
是誰繾綣著誰？
花依偎瓶從此有了依靠，花說是她繾綣著瓶；
瓶擁抱花從此不再孤單，瓶說是他繾綣著花；
是誰繾綣著誰？

下篇：美麗的錯誤

2015 年從夏天開始搬遷，一直到入冬才將舊園區八成的盆栽運至新基地，比預期進度慢了許多，原先以為只要兩個月便能全部撤離，可以在入冬前就定位，便能在新園區採收花，但事與願違，愈到年底愈兵荒馬亂，退而求其次，只希望趕在隔年二月租約到期前全部撤離便罷。

軛瓣蘭因為花期早，數量少，所以第一時間就先遷移過來，過來的第一年就遇到秋颱的考驗，不僅考驗花，也考驗剛開墾好的土地，順便考驗我的抗壓性。颱風一過，立即從台中直奔山上，遠遠就看到機車、桌子、椅子都被風吹倒了，花卻仍佇立著，強風沒有吹斷她，花莖的身段夠柔軟，保全她的生命，只是彎了頭，當下很感動，果真花如其主人，生來當自強，挫折難免，挺挺也就過了，但薄如蟬翼的花瓣幾乎都破了，幾百枝花，僅有 20 幾枝是完好無損的，很訝異這幾枝花在強風大雨中全身而退，是什麼樣的心境能完全不受環境影響？連一絲一毫都撼動不了。是不是像修行人在坐禪時，心無旁騖，進入一種對外界發生的一切都不為所動的入定狀態呢？原來花也是會入定的呀！

緊接著，搬遷進度落後導致那年的花季同時在兩個園區採收花，更糟糕的是，那時舊園區的噴藥設備已撤除，而新園區還沒銜接上，在開花期完全無法噴灑用藥，兩邊的花都被蟲啃得肢離破碎，幾乎是剪三枝丟兩枝的情況，很痛心，只好背起噴藥桶，選擇在新園區用行走的方式噴灑，舊園區忍痛讓花自生自滅

了，那時還沒有輕量型電動噴桶，是不銹鋼手動式的，一個藥桶加上藥水就要二十二公斤，一分地兩個人行走，每個人至少要背二至三桶，而眼前至少有三分地的花，能救的有限，多數只能見死不救了，內心有種無力感，美麗的花卻任其殘破，彼此等待一年的我們只能深深嘆息。那一年收成是史無前例的低啊！

　　小寒後，一股冷氣團全台發威，平地許多地方都下冰霰，新聞整天都在播各地罕見的景象，這裡的海拔 900，沒下雪也沒下冰霰，就是冷，冷到整個山頭不久後所有的檳榔葉都白了，像一夕白了檳榔頭，那是前所未有的景觀，很哀愁也很美麗。

　　2016 年的冬至後還很溫暖，甚至是熱，往年 12 月中旬早已忙得昏天暗地，這年天氣熱，本地人說從沒像今年這樣，遲遲不下雨已超過一個月，一直到來了一場一小時的大雨，此時已經接近兩個月沒下雨。天氣熱加上嚴重缺水，花苞落蕾嚴重，花開也慢了！就怕屆時能收的花已不多了。

　　花姍姍來遲，有一搭沒一搭的，連帶著花園工作並不忙，而我剛好研究所入學第一學期，課業上需要較多心力，感覺一切都是最好的安排。偶而還有閒暇能把玩貝殼，貝殼是我無聲的知己，從二十歲結識至今，與我一起共渡孤單、寂寞、快樂的時光，看著經年累月的收集彷彿看見了歲月中唯一不變的情感。

　　天氣持續熱到花苞挺不住，一直落蕾，看著滿園的花苞一直掉落，很痛心，突然想到鄭愁予〈錯誤〉中的一句：東風不來，三月的柳絮不飛，聯想到：冷風不來，歲末的幽蘭不開。有感而發，將其改寫成花園的情境、我的心境。

<改寫 鄭愁予 「錯誤」>
　我打花園走過
　那等在季節裡的新美娘如閉月羞花開落
冷風不來，歲末的幽蘭不開
你的唇如靜靜的孤獨的月
恰若古石的巒峰晨曦
寒峭不落，歲末的冬意不起
你的唇是靜靜的珍貝緊抿
我輕輕的嘆息是美麗的錯誤
我不是過客，是個歸人……

 小 寒

2018.1.15 ～ 1.19

・上篇：脫困記
・下篇：收藏故事

● 鋪水泥路面前

上篇：脫困記

　　節氣來到小寒是花季的高峰期，也是最少訪客的時候，一來我忙，沒空招呼朋友，二來氣候較不佳，容易敗興而歸，三來，整個花園亂七八糟的，這才是重點。

　　連著幾天的細雨，路面泥濘，一群姐姐們不畏溼冷，就是想來看花盛開的模樣，但花很快就看完了，接著想帶她們去「頂湖」吸收天地日月精華，但她們的「大賓」(車)竟在門口前 10 公尺處打滑出不去。前天花車來收貨也被困住了，又叫另外一輛車來「拖」困，這時就覺得我的「肉哥」(車)厲害，進出無礙。

　　於是一群人就困在花園裡慢活，真的只能看花再看花了，還好老天賞臉，氣象萬千，大夥狂拍照，但再美的風景，拍一小時也膩了。於是，我讓她們體驗花農的活兒，拿著剪刀、紙箱，全趕到花田裡，告訴她們什麼花可以剪，什麼花還不能剪，對第一次剪花

的都市女人而言，這活是令人雀躍的，三不五時傳來「這枝可以剪嗎？」「那枝呢？」大夥穿梭在花裡行間，時而騷首弄姿與花合影，時而裝模作樣與大自然擁抱，歡笑聲隨風散開來，一群女人與花玩得不亦樂乎；剪好花後，人花全帶進工作室，教她們怎麼理花，一開始學還滿有勁的，愈作人愈少，一個一個相繼沒電了，紛紛回房休息，就這樣，整整困在花園三天兩夜。

連夜雨下不停，我也開始緊張起來，深怕路塌了，道路自從拓寬填土後，一直沒有舖水泥路面，以致於下雨後車子容易打滑，也擔心下大雨土石會流失，整個路面會塌陷，到時，連「肉哥」也無法帶我脫困，那就慘了。

● 鋪檳榔星光大道

隔天一早，只見眾姐妹在微風細雨中，忙著鋪「檳榔星光大道」，昨天特地到林間撿拾檳榔，就為了此刻，要讓「大賓」與「大 M」（車）風光走秀。無奈，徒勞無功，輪子打滑空轉，門就在眼前，就是出不去！於是，派「肉哥」充當拖車，油門踩到底，還是一樣，紅門就近在眼前，卻怎麼也衝不出封鎖線似的，「肉哥」黯然失色，落寞而去。

後來，找專業拖車竟不肯來，找派出所，派出所給了一個電話，來了一位開著小貨車的年輕小夥子，瞄一眼，淡淡的說：「開的上來，我來吧！」原來，貴婦們缺

的是司機，小夥子將兩輛車分別一次就駛出紅門，那一刻，歡聲雷動，好像，此刻坐在車內的是大明星周杰倫。

除卻我自己的姐姐，共有五位姐妹，這五位姐妹們都是癌友，但從她們臉上完全看不出病容，天候不佳也沒有擔心受怕，反而在細雨中幹活，體力之好超乎我想像，對於旅途中的意外插曲，相較於人生旅程中的意外，更有一份豁達，我想這是經過生死交關的人所散發的特質。我常覺得，如果能夠真實的體驗農夫生活，與大地接觸，勞動筋骨，呼吸含有水氣的空氣，那麼回去會更熱愛自己的生命或工作，人之所以遠離塵囂，不應該為了逃避現實，反而是要為了回來更愛塵囂而出走才對。

如同我經常嘉義、台中兩地跑，每當回台中時就覺得台中好棒！好乾爽，好便利，好都市，這是山上沒有的；而到了嘉義山上就覺得，大自然真好，簡單純粹，沒有車水馬龍的聲音，沒有停車問題，可以大口的呼吸，可以隨意停車。我因為離開台中，回來反而更愛台中，這是以前沒有的心情，總是覺得這個不好，那個不好，但是現在，看到什麼都覺得好，因為那是山上所沒有的；同樣的，到了山上，就覺得好棒，因為台中現在空汙是全台最嚴重的，連平常的呼吸，都被覺得該載上防毒面具，否則很難存活下來似的，山上卻可以用力的深呼吸。

所以，出走，再回來，是有必要的，因為這樣的出走，反而更能看清原來以為煩雜的日子，或受困頓的生命，其實是這幾年萃練下來適合自己的生活，而生命並沒有殘缺，生病也是生命的一部份，透過這樣

的行為，更能審思，原來已經擁有自己以為沒有的東西，進而更加珍惜當下。

接下來幾天，陸續上演各種「脫困記」。有一輛廂形車，進來施工，下來後，就上不去了，那位老闆將車胎洗了又洗，說是減少泥濘瞎攪和，從下往上直線加速衝了好幾次，搞了一個小時才衝出紅門，看得我心驚膽顫。

又一位老闆來這裡看工程，六噸的貨車，下來後，卻上不去，想盡各種辦法，拿耙子將路面的泥濘刨掉，不成；將後車斗載了一堆石頭增重，不成；叫我們三個女工去幫忙推車，還是不成；換叫我們坐上車，還要搖晃車子，也不成；老闆還想多載些石頭，再加重增加後輪磨擦力，我看他快把我花園的石頭撿光了，於是說，換試試我的車拖你的車吧！終於，一次搞定。一開始就說了，他偏要先試完所有的辦法，白費了兩個小時。路面再不舖好，我乾脆來改行好了！

看來，舖水泥路面這筆錢勢必是要花的，還在盤算去哪挖錢吶！村長倒送來紅包。說去年原先補助 200 公尺的路面，陰錯陽差舖到別人家去了，所以遲遲沒來整路，今年開春，他先處理我這條路，還加碼，一次申請到 400 公尺的經費，可以從門口一路舖下來了，原先只是針對較嚴重的路段，當下還以為聽錯了，再三確認後高興的只差沒拉著村長轉圈圈了，終於不用再擔心下雨進出的危險、不用去籌這筆錢了！也許是連日的大雨，讓進出的幾戶同感不便，相信是大家的力量促成路面的舖設，太棒了！灑花灑花……轉圈圈轉圈圈……

　　如果你沒忘了冬至，就會記得冬至經常不冷，到了小寒，也就是要接近過年，反倒開始冷了。下了幾天的雨後，氣溫驟降，均溫都在 10 度以下，四肢幾乎凍僵了，已經很久沒有這樣冷到不要不要的，但身為首席女工，就是當所有人都退場了，還在場上，一整天我都像在冷藏室裡走動一樣，也對「我」有了體悟。

　　冷到頭痛，那個痛點剛好刺激到二百五神經，激發我有感這陣子正在經歷拔除「我」的過程，「我」這個字，每一筆都像刺一樣，撇來撇去，毫無遮掩，完全就是我的個性，傲慢不拘。有一天我想拔除它，不想「我」存在了，我喜歡自己，但不喜歡「我」。要接受那個位置不是「我」了，那個角色也不是「我」了，承認「我」早已被架空的事實，就像要將烏龜從殼裡拉出來一樣並不容易，那種抽離是要徹底的將「我」秉除，很難受，但這何嘗不是人生中的一場「脫困記」呢？

● 鋪路面後

<迷失>
山嵐悠悠然而至，
千巒不見頂峰中天，
群樹籠罩深邃迷濛裡，
水脈隱身萬叢林裡。

穿過林間，
迷失了方向，
迷失了自己，
且慢～
傾聽大自然的低鳴，
巨浪洪流無法吞噬你，
排山倒海未曾淹沒你，
莫忘，最初的容顏。

下篇：收藏故事

　　與其說我喜歡收藏品，不如說，我喜歡收藏故事，總是愛戀著手上沉甸甸的情感，越是「貪戀」、「不捨」，收藏的故事越多，越多之後，越放不下，於是故事堆滿了整個房子，佔據了整個心房，而一切的「貪戀」與「不捨」，要從一顆貝殼說起。

　　第一次離家讀書的地方是「澎湖」，三十年前的澎湖很美，很簡單，沒有麥當勞，沒有小7，沒有星巴克，假日只有沙灘可以去，一個沙灘接著一個沙灘的跑，浪潮打上來，經常伴隨的是貝殼，來到腳邊的那顆珍貝就這樣跟著我的腳步回到了宿舍，愈跟愈多，最後都跟著我回臺灣，又跟著我一個家搬過一個家。

　　我能細數每一顆貝殼的故事，每一個在黃昏下，

彎著腰撿拾的記憶，是年輕時的歡笑，是戀愛時的甜美，是失戀時的苦澀，是相伴的依偎，是成長的歲月，而每一個階段都是捨不得放手的貪戀，戀著那青春飽滿的肉體，戀著那相依相偎的臂膀。後來，我有了花園，開始收集花園的故事，於是乎，收藏的故事只有增，沒有減，塞滿了整個心房，彷彿收藏很多記憶，是為了怕晚年失憶太快。

我應該有數以萬計顆的相思豆吧！分別裝在大大小小的瓶子裡，跟貝殼一樣，散佈在家裡各個角落，這是從在屏東唸大學時開始收藏的，那個階段，總是獨來獨往，唯一的樂趣是到相思豆樹(學名為：孔雀豆樹)下撿一顆顆的紅豆或豆莢。畢業後，我像失憶似的，所學及同學無一記得，只記得女宿舍旁那顆相思豆樹，好像它是我在屏東兩年所有的記憶，不捨代表青春的歲月就此消逝，幾乎每年的夏天總要去上一回相思豆樹下撿拾，彷彿回到那棵樹下就能回到少女的我，樹一年高過一年，漸漸地已搆不到它，只能仰頭望著，就像望著已遠去的青春，從樹葉間灑落的陽光直視著我眼睛，逼著我別再看了，回去吧！常常是在樹下被蚊子叮的滿頭苞才甘願離開，作了二十幾年同樣的事，一直到有了花園後，開始有很多記憶的樹，那顆樹真成了我所「相思」的樹了。

191

幾年前在二手店看到一尊德化白瓷觀音像，很便宜，原因是右手食指斷了，我卻為祂食指斷了，能便宜買下祂，而感到開心。還有一個很重要的原因是，這麼美卻因為瑕疵而乏人問津，這點總能提醒自己「接受不完美」，每個人都喜歡完美，要求完美，但不完美才是完整的人生，不是嗎？因此將祂供在起居室，是我經常活動的空間，藉以時時提醒自己。有一天，我夢見祂膝蓋很多灰塵，該清洗了，於是隔天一早，湊上前看，不覺得膝蓋特別多灰塵，倒是祂被滑落的留言板壓著。

客廳角落有一幅掛飾，裡面有 36 個方印，每一個方印裡有一個佛手勢，和一段梵語，好多年前在一個市集被它吸引而買回。經常會站在這幅前，端詳每個佛手勢所呈現的姿態以及感受所要傳遞的精神；經年累月後，朱印已淡，手印及梵語已無從辨識，但反而有歲月的印記，一日又站在這幅前，突發奇想，何不提個字在上頭，重新賦予生命，於是請寫一手好字的嫂嫂揮毫「捨不」這兩個字。

捨不？捨。

捨不？不捨。

捨與不捨？都曾經有得，既已得又何來捨不捨？捨，捨不去曾經；不捨，亦復曾經。

捨不？得。

在創業初期，將手邊所有金飾都賣了，包括十八歲媽媽送的成年禮、連自己結婚戒子都賣了，就留一條有豎琴圖形象徵「琴瑟和鳴」的項鍊，這是所有收藏中我認為最微不足道的，僅僅四個字，但卻是最深藏。

花園裡有一顆超過百年的碾紙石器，前地主交地給我的時候，特別囑咐這顆石頭是從他阿嬤時代，作紙留下的，有歷史價值與意義，如果可以，讓我好好珍藏。地主已經七十歲了，他說，小時候，家裡作紙，看阿嬤用這塊石頭碾樹皮作成紙，至於怎麼滾動石頭，記憶模糊了，但石頭與阿嬤的身影卻一直記得，隨著時代變遷，這塊石頭逐漸被冷落在一旁，卻始終靜靜地等待著，終於等到我出現，將它從荒煙漫草中拉出，重見天日，石頭已稍顯斑駁，足見歲月的痕跡，但高齡如它，仍硬朗，把它獨立放在我喜愛的茶花區，作為一張桌子，不僅因為前地主託付，對於有故事的物品我總是用心珍藏。

自從有了花園後，收藏花，變成有趣的一件事，在花季時，把最漂亮的花私藏起來自賞，哪怕花價正好，但藏花的滿足，就像小小孩的手握著口袋裡的一顆糖一樣甜在心裏。每年理花，總會遇上幾枝特別美麗的花，忍不住就往身後偷偷放著，有一次，輒瓣蘭裝箱，不足枝數，女工說，就差幾枝了，我頓了一下，說，好吧！於是從身後拿出幾枝花來。女工不可思議

叫著：姐姐，整個花園的花都是妳的，妳還偷藏花？！是啊，經常是最漂亮的捨不得賣，最醜的捨不得丟，因此最美的和最醜的都在我家的客廳花園裏。

從一枝花的捨得與捨不得，經常顯露出情執的一面來看，內心的出離不，是很清楚的，整個花園都是我的，卻還戀著其中之最，是醉。

從「收藏故事」來看，總是情執，心靈徹底被綑綁，一點也不自由，以為遠離塵囂可以將身體出離，並沒有，以為心可以跟著身體出離所有的人事物，不執著，也沒有，一樣繼續情執，繼續被收藏故事擺佈著，一樣出離不。

　　＜寂寞花開＞
　　原來
　　寂寞就像暴風雨後的花開，
　　　一次次，
　　撐起孤寂的花瓣，
　　早已千穿百孔，
　　獨自品味沒有味道的寂寞，
　　是糾結在胸口的悶痛，
　　是墮落在思緒的深淵，
　　是靈魂出不去的籓籬，
　　啊！寂寞花又開了。

大 寒

2018.1.20 ～ 2.3

・上篇：千年之約
・下篇：大地的呼喚

上篇：千年之約

馬不停蹄的山居生活，開始期待花季趕快結束了，也剛好來到一年裡最後一個節氣，花期會在這個節氣結束時跟著結束，就像亙古的約定，大寒結束就一起回家過年。

接送工人、載紙箱、採買、跑公家，整個下午都在開車，經常下山辦事就要花上大半天，這天就在要回農莊的最後一哩路，接到一通要住宿的電話，聲音聽來像大陸人，我說沒對外營業，很快的她表明一個人、騎腳踏車，我累到只想趕快回家，但聽到「一個人」，當下有了惻隱之心而沒有馬上掛斷電話，過了一會兒，一位太太接過電話，用閩南語說：「一個阿兜阿，騎孔明車，妳來接她啦！」真有人說孔明車耶！這是我第一次在對話中聽到有人這麼說腳踏車的。眼見天色已暗，這半山腰的，又一個女生，著實不忍，於是掉頭，突然想到，剛才下山要去載紙箱時，見一位牽著腳踏車的外國女孩努力往上爬，那時就心想，照她的速度，回程必然還會遇上，果不其然就是她。

一個女生騎腳踏車環島這種事，只有歐美女生才作得出來，兩年前也撿到一個從澳洲來，30歲女生，那時是在上山途中，見她牽著腳踏車氣喘噓噓地往前走，當下想，這樣牽到阿里山也不是辦法，也是掉頭載上她及腳踏車。用盡我所有的英文，而她完全不會中文，簡單聊了幾句，知道她剛從德國到台灣，預計待上一個月，下一站香港、菲律賓，飯店經理離職，給自己一年周遊列國的假期，結束後再回去努力賺錢。聽了很佩服，不是每個人都有這樣冒險犯難的精神，

期許自己，也要有一顆無畏無懼勇往直前的心。

　　這次的她，24 歲，第 5 天，每天騎到天黑才決定落腳的地方，今天這裡，她說失算了，不知阿里山原來騎不上去，但是，剛在山腳下她問了一位男生，那個人先是說還很遠，後來又改口說「快到了」，我想那個人說的是反話，任何一個在地人都知道從山腳下到阿里山還「天高皇帝遠」咧！更何況是騎腳踏車。只是她大概還沒學會看懂台灣人講反話的樣子吧！

　　巧的是，她在屏科大唸書，於是我們就以學姐學妹相稱，更巧的是，她也學農，且立志要務農，我說：「妳很特別，台灣女生不會一個人騎腳踏環島，也不會想務農。」她說：「妳也很特別，跟我認識的台灣女生不一樣，很獨立，還務農……」她謝謝我「救」了她，這個「救」字，讓我覺得掉頭載上她也值得了。她國語說得很好，以致於一開始我以為她是大陸人，我們聊得很投機，還說，如果我出書了，她要帶回美國，幫我翻譯然後找出版社等等，嗯，原來眼前是未來的經紀人！當然，這是玩笑話。

　　週六不出貨，成了花季裡最悠閒的日子，就可以悠哉悠哉吃三餐了。這個花季多虧 Linda、Yunte 的幫忙，Eason 則是這幾天臨時找來做些粗活的，他們都二十出頭，想想我二十出頭還再昏天暗地談戀愛，為愛哭得死去活來。兩個女工是東部鄉下來的原住民，年紀輕輕就結婚生子，結伴外出打工，養家活口；Eason 年紀最輕，是帥氣的大男孩，剛退伍，在他身上看不到時下年輕人所謂「草莓族」的樣子。看著他正逐步將屋頂漆成紅色，我很滿意。我喜歡紅色屋頂，就像童話故事裡的房子。

下午前地主夫婦來訪,好像知道我沒事似的,告訴我,他們家有些樹及造景石要給我,讓我去看看,太太說好多人跟他們要,甚至買,她都說不行,先要問陳小姐要不要再說……先生則說因為土地要被徵收,所以巴拉巴拉……常常不知道什麼時候輪到我開口說話,因為他們夫婦倆總是同時話說個不停,一個還沒說完一個又說,經常是聽得我昏頭轉向。

他們是對好夫妻,先生是地道的仕紳,總是隨太太褒貶他,而不作聲,別人有事,他會盡可能幫忙協調,要他低聲下氣好像也不會減損他的尊嚴;太太則在拿到我送給她的花時,仍像個小女生,興奮的高舉著花,對著她女兒說:「好漂亮哦!女兒,妳看,這花,好漂亮哦!」我反而覺得她比較像女兒。好高興在買地多年後他們就像對待好朋友般愛護我。

於是,晚上去他家時,順道帶了一群年輕人去逛夜市,其實是讓這些年輕人陪阿姨去逛夜市,回來每個人都累趴了,我也是。但身為首席女工,就是「當別人都還沒上場,你已經在場上了」,第一次一個人在四點多起來工作,為昨天晚上的貪玩補班,寧靜的夜半清晨間別有一番孤寂。

這個花季,起早,睡晚,摸黑回家是常有的事,常常搞得自己七葷八素。有一天,眼睛還沒睜開,先聞到軛瓣蘭的香味,忘了前一晚摸黑回台中,還以為是在山上。再累、再晚回台中,第一件事情就是先把帶回的花就定位,想必我中花毒太深,將最美的花供在佛前之後,才讓自己安身,換來一早醒來就能聞到花香、看到美麗的花,再累也是值得了。感謝這些花陪伴我走過生命中的低潮,豐富了我形單影隻的生活。

這一生，我們有過太多約定，與人、與物，也許我與花約定這世要再相遇相守吧！

＜千年之約＞
從虛空傳來呼喚，
是夙世的你輕拂耳際，
軟軟呢喃，漸遠……
已聽不見你的低語，
慢點。

急看不見你的臉龐，
再慢點。

你為千年之約而來，
我為千年之約而等，
那等在虛空的千年是夙世情緣，
　　　請再慢點。

你輕拂耳際，
等等，
再等等，
那等在千年的深秋是日將到。

下篇：大地的呼喚

2012 年當我們不經意的決定接手這批花時，就註定了要跟隨她們的腳步來到此時「花舞山嵐」的基地。

當年買下兩萬盆的花也不知哪來的勇氣，什麼也沒多想，就只是一股腦的幻想我將坐擁在一片美麗的花海中了！當時只想著滿山嵐裡盡是花朵迎風搖曳，接手後才意識到地主隨時要賣地，而我們隨時都有可能帶著兩萬盆花流落街頭。於是，我們開始南北奔波看地，在這之前我壓根沒想過這輩子會買地，總覺得土地是給有錢人買的，升斗小民能買棟房子棲身也就了不起了。但莊主說，想著想著就會買成的，最好是啦！口袋沒錢還能買土地。

那時一有空閒就是到山區看地，南投、大雪山、九份二山、苗栗……因沒什麼預算，所以看的地點都不會太好，甚至很多都是在產業道路上。不久，在苗

栗南庄看上一塊原保地，就在「加里山」登山口前200公尺處，還是鄰路的地，因為是原住民保留地，所以價錢相當便宜，剛好在我們預算內，土地面積還2甲半，真的心動了！為此我們去看了好幾趟。

那年的七月，來了一個強颱，把通往「加里山」的那條道路摧毀了一段，摧毀的路正是通往我們想買的那塊地路上。八月份我們實地走了一趟，路況真是慘不忍睹，但一到那塊地，整片雲海就在豐美溪上方，形成綿延不絕的白玉帶子，陽光灑在軟綿綿的雲海上，透著白亮光，就像羊脂白玉般細膩柔潤，同行的友人也為此讚嘆不已，輪翻拍照。心想，為著這刻美景，買下此地也是值得呀！

心是拉扯的，地大、便宜，但路況不佳、路途遙遠，於是我們就近到住家附近的寺院擲筊請示觀世音菩薩。首先，我們問「買南庄這塊地好嗎？」用不同的表達方式問了好幾次，都沒有連續三個聖杯；又問了其它地區，也都沒有得到認可，最後，我們抱著質疑問「是不是在嘉義？」竟連續三聖杯！又問：「是不是在原來花園的附近？」又是連續三聖杯！整個頭皮發麻，怎麼可能？不是沒去找過，原來花園那附近的地價我們連一甲都買不起！別說一甲，五分地都有困難。

　　真的困惑了！我們的能力在南庄，觀世音菩薩卻指示在原地附近，不解。也沒把這事放在心上，同年的十月份我們用僅有的存款決定買南庄的地了！畢竟那是能力所及的，也是一直以來告訴自己：「別作超過能力的事。」因為是原保地，必須是原住民才有資格購買，於是，情商原住民的好姐妹，用她的名字買下這塊地，以為新花園的基地就此定案，沒想到過年前時竟又峰迴路轉了。

　　2013 年 2 月，農曆年前，正當我們要回家過年時，往常行駛的路邊有一個大水塔上竟寫著「自售」兩個字，這條路很難得有土地會售出，在好奇心的驅使下，我們停下車，撥了電話，一小時後地主就到了。當時他有兩塊地分別要出售，一大一小，小的約一甲半，乍聽之下似乎小塊地是較符合需求的，於是先前往；接著到較大塊的地，約四甲，也就是現在的「花舞山嵐」基地。

　　那時我們站在一塊平臺上環顧四週，清風徐來，檳榔樹在眼前搖擺著身軀，當下覺得這裡好棒，雖然小塊的地是祕境，但在產業道路上，必須經過多戶人家的地才能到達，這點對於要經常出貨的花園而言是較為不便利；於是問大塊地的價錢，地主給的價格很合理，但無論如何，似乎都是多此一問，我們不可能再有錢買地了，買南庄的地已是僅存的積蓄，也只付了三分之一，勸自己還是別癡心妄想吧！

　　回程路上，我們兩人討論著，這塊地還真的滿適合的，緊鄰縣道、面積又夠、離原來的地也近，要搬遷容易多了……種種優點，但是，錢呢？那個年假我們滿腦子在沙盤推演買與不買的利弊得失，還擔心會

不會被買走了，既然會「擔心」，就代表有一份情了，於是，我們決定放手一搏～借錢吧！還擬了一套「作戰」計劃。

開春後第一趟上山，就約了地主碰面，告訴他，我們的「計劃」，先訂金一百萬，接下來每三個月付款一次，十二月月底完成付款過戶。地主連想都沒想，馬上就答應了，並且也提出要求，雖然年底過戶完成，但檳榔要讓他收成到隔年的六月，我們也答應了，這筆千萬交易就這樣在三十分鐘內拍板定案，當下只能說是神助的勇氣。於是，跟兄長借了一百萬當訂金，至於接下來的款項在哪裡我們也不知道，先把地定下來，讓花有個安身立命的地方要緊，同時把心也安下來了。錢的事嘛……套一句老闆經常說的：就交給會計去處理吧！偏偏我就是會計，嗚～嗚～我真的不知道接下來的錢在哪裡呀！？

塵埃落定後，才回想觀世音菩薩的指示，不禁覺得不可思議，一切都是冥冥中註定好了。我猜想是花自己找到這裡的，她看了南庄的地，知道那不是她要落地生根的地方，趕緊促成這塊地的成交，不然，怎

麼會在我們買了南庄的土地才三個月，就出現這塊地
呢？想起，一位師姐說，買這塊地要有佛緣，而地主
曾說，有個寺院多年前要買這塊地，當時還在老一輩
名下，並不願意賣，一直到過繼他名下後，也年事已
高，不想再務農，才興起賣地的念頭，而我們剛好就
是第一個跟他出價的人，這是要多大的因緣俱足才能
成就「剛好」呀！果然是菩薩牽引。

　　是這片大地的呼喚，把我們一群人跟花召集到這
裡，這裡才有屬於「花舞山嵐」的靈秀氣息吧！

　　果真如莊主所言，想著想著就會買成，還一次買
了兩塊地。

第十九章　立春

2018.2.4 ～ 2.18

・上篇：中場休息
・下篇：乘願再來

上篇：中場休息

要開始相信有聖誕老公公了。

過去淘汰的花就像我的公關一樣，到處結緣，今天一通電話，是臺北花市有個攤位要買下我所有次級的花，我不自覺的提高聲調，說了三次「什麼？！淘汰的花？很醜耶！要不奇形怪狀耶！」對方可能被我的高八度嚇到了：「呃，對，漂亮的花你進市場拍賣，醜的賣我就好，我有個攤位……」心想，這人一定是聖誕老公公來著，看倌有所不知，所有漂亮的花都集中在臺北，卻是臺北市場要買下我次級的花，害我亂了節奏，當下不知怎麼理花，突然覺得每枝花都很美了！但最終，並沒有將我的公關給賣掉，依然留用公關吧！

最近都遇到聖誕老公公，前地主、村長，還不只如此，因為嘉義的花車不跑台中市場，所以每次回台

中，我就自己送貨。這次送花商訂的金黃色虎頭蘭到市場時，拍賣員告訴我，前幾天我送臺北市場那批金黃色，也是這個訂購花商去把它全買下來的。我一聽，覺得好笑，因為，知道他要訂花，那天把較醜的去了臺北，漂亮的留給他，沒想到這個聖誕老公公又去把它買回來，早知我就不用刻意挑選了。

此時正當學生放寒假，友人的女兒高三，找來同學彩繪貨櫃屋，五個孩子，沒有一位是科班的，憑著好玩與小女生愛塗鴉的天性，在原本單調的貨櫃上揮灑五顏六色油漆，從此我有了一節火車頭。在她們彩繪的同時，氣象萬千，霎是美麗，但小女生們專注於畫畫，對於風景似乎沒那麼上心，也無視寒冷的風掃過，反而冷風只是將她們的臉頰妝點的紅咚咚，更顯可愛，看著她們作畫，我想，年輕本身就是一幅美麗的風景。

立春竟來到整個年度中最低溫的時候，接連幾天白天溫度都在 4 到 10 度之間，加上細雨綿綿，體感溫度更低，戶外工作大約只能做半天就受不了了。有天早上，女工跟我說，他們投降了，要回溫暖的平地去。

其中一整天，溫度都在 4 度至正負 1 度間，納悶三隻小狗到底是怎麼熬過嚴寒的，到處跑，弄的全身溼答答，時而縮在門外，把他們趕進工作室取暖，不一會兒趁我不注意又溜出去，給他們布，閃的大老遠，好像那塊布會吃了牠們似的，寧願睡在冰冷的地上，也不願睡在乾布上面，這點跟都市的狗截然不同。於是燉了一鍋蕃薯雞餵牠們，吃飽一點，至少有熱量可以度過寒冷，不過，話說回來，他們在這山頭已經跟我混六年了，也不是第一年遇到嚴寒，沒有三兩三也

不敢上阿里山啊！

　　我則工作一下，就外面晃一下，十足跟小狗一樣的行為，這樣的溫度也不是常常有，反而捨不得一直待在工作室裡啊！看著大自然雲霧變化，山嵐的速度太快了，一秒就是一個風景，突然覺得，我的人生就像眼前的景像，還沒來得及看清就翻頁了，我想別人看我，大概就像我看著眼前來不及的風景吧！心想該讓自己佇足了。

　　花季在立春中劃下句點，我的一年跟著花季的結束而結束，忙完這一季，將給自己一個長假，一直到下一個花季，秋天。

　　過去 12 年與先生一起創業一起開墾花園，是人生階段中較為忙碌卻相對充實的一段歲月，去年底先生放了我長假，讓我卸下在他公司的職務，也算是人生中場休息，於是可以專心寫碩論，同時潛心修身養性，剛好花園也進入修養生息的階段，要讓我體悟物我合一是什麼境界，一切是這麼剛好。這個花園就像我的道場，給了我很多啟發，而沒有莊主就沒有這座花園，對他有無盡的愛與感謝。一年的結束與開始，我要用「愛」與「感恩」告別過去，並且迎接未來。

　　立春的尾聲是春節，回台中不到 24 小時，就奔往臺北花市賞花，只能用「中花毒太深」來形容我，臺北花市是台灣最大的花卉拍賣場，那裡集國內外各種鮮花，能盡情飽覽各色各樣花卉，叫賣聲與人潮將年味徹底炒熱，在這裡充分感受到年節的氣氛，穿梭在人群與群花中，與山上經常只有我與蘭花，不分節慶總是幽靜的氛圍，有著截然不同的感受。連著兩年都

在小年夜下凡逛臺北花市，像年度朝聖，可以在年底將花一次看盡，有一種被花包圍，沉浸在愛裡的幸福感。

　　緊接著元宵節到來，一群同學們聚在我這兒，約了老師新春拜年，大夥提議要應應景，都忘了不知有多少年沒搓湯圓了，於是一群女人七嘴八舌在各自的喜好中作了不同口味的湯圓，結果搞出了七色圓仔，在好友的祝福聲中劃下人生中場休止符，我知道要「中場休息」並不容易，畢竟忙了大半輩子，頓時清閒下來等於是把自己全部掏空，刪除過去的自己，開始學過「空」的生活，想想，「閒」比「忙」還需要學習啊！

<佇足>
停下你的腳步　　停下，
閉上你的眼睛　　閉上，
勻稱你的呼吸　　勻稱。

眼下的風景等著誰的目光？
那微微發顫的花朵等著誰青睞？
別再庸碌疲憊的忙活，
有風拂過滿溢的笑，
青春的花粉隨風漫天。

佇足吧！為枝上的山櫻赤腳，
踩在花瓣上如雲端輕盈柔軟，
是曾經有過，遺忘的腳步。

佇足吧！佇足在山櫻下，
閉上你的眼睛　　閉上，
勻稱你的呼吸　　勻稱。

下篇：乘願再來

2012 年的立春，我沒有多加考慮就接下這一座花園，當時看見花朵在山嵐裡搖曳，只因我曾想過，死後要幻化為一枝在山裡迎風搖曳的花，彷彿看見了來世，也看見了夢想。

2011 年十二月，朋友閒聊起他之前的一位同事在嘉義山上種蘭花八年，萌生退意了，想尋找買家，當下，我只是好奇與貪玩，心想許久未上山區了，趁機去看看花也好，於是，在朋友的帶領下來到羅姐的花園。這是我第一次見她、聽她的故事，那年她四十八歲，單身，歸隱在山林裡，篳路藍縷，從沒水沒電沒住處開始，到現有約兩萬盆的花園，一切是那麼的艱辛，無法想像我會承接她的志業。但人生說不準藍天白雲或刮風下雨，我從沒想過曾經的夢想會實踐，尤其是「死後要幻化為一枝在山裡迎風搖曳的花」這樣美麗的誓言，似乎只是我個性裡一種浪漫表現。

走在她的花園裡，時值花季。餉午，非但沒有大太陽，還雲霧繚繞，意境深遠，蘭花處處搖曳生姿，在花間田徑中，感受到花對我的熱切，呼吸中鼻間仍

帶有溼潤水氣，像在傳達訊息。

　　彷彿走進花海時光隧道，所有花此起彼落，如波浪般，錯落有緻，雲霧繚繞群山，歌聲在山谷間迴蕩，是生命的樂章，歡欣鼓舞，一場花朵的盛宴在此展開，被拱起的一枝虎頭蘭搖擺著身軀向我招手，待我湊上前，隨即被拉進群花中，披上白紗，不一會兒，我已化身成一枝白色虎頭蘭被簇擁著，花蜜就在舌尖上，滿溢的笑容傾瀉成瓊漿玉液在整座花園裡川流不息，這裡如此美麗快樂啊！一個踉蹌，將我拉回現在世，拍拍身上的水珠，依然嗅得到甜甜的甘露，是過去世的浮現，生命在這裡有過盛開，是我前世的記憶吧！莫非，是前世的許諾，而今世乃乘願再來？

　　或許，正因為是乘願再來，接續前世的許諾，離開花園後，腦海仍縈繞著如仙境般，山谷中那片花田景象，是前世的呼喚，於是，兩個月後，那年的花季結束，我們順利接下這一片花園，同時拿到一把鎖匙，開啟了我往後截然不同的生活。

　　我將花園命名為「花舞山嵐」，也不知那裡來的勇氣，我想是無知帶來的勇氣吧！走進完全陌生的領域，開始了花農的身份與生活，這是非常大的一個轉變，從長髮到短髮，從洋裝到牛仔褲，從高跟鞋到雨鞋……，漸漸覺得夢想是生活的動力，而金錢是夢想最大的推手，唯一的腳步就是前進，不斷的前進，沒有回頭路了。

　　六年來，不斷建構花園藍圖，也因著花，從租地到買地再到整地，傾全力將積蓄及貸款投注在這一片原本荒蕪的土地上，窮盡了錢卻豐富了心靈，最後這

一段路走得特別艱辛，相當大的心志磨難，但我想人生總有一個人或一件事值得讓你「衣帶漸寬終不悔，為伊消得人憔悴」的執著。等在這片土地上的是希望，我感受到生命力正在延續，金錢會消逝、身體會隕落、權勢會式微，但永恆的生命存在大自然中，於是開始不斷地種樹造林，想像有一天，晨昏走在花園、樹林裡，陽光灑落在林間，山嵐起而在花田，雲瀑流瀉在山巒裡，生命藉由萬物孳養，生生不息。我知道一輩子是不夠的，是前世的呼喚，讓我再度回到這裡啊！

走在花田裡，山上的早晨特別寧靜，乾淨到沒有一絲雜質，可以清楚聽到遠方將徐徐而來的風聲，甚至聽到自己內心的聲音：若今生此情未了，來世當乘願再來～

＜乘願＞

我願乘願再來，

只為那～

虛空有盡，我願無窮。

只為那～

娑婆世界寫下美麗的註解。

只為那～

空谷花舞山嵐乘願而來。

第二十章　　雨　水

2018.2.18 ～ 3.4

- 上篇：遇見自己
- 下篇：給阿蓮娜的一封信

上篇：遇見自己

　　花季結束，此時正是最清閒的時候，我最喜歡了！早上正在花園裡瞎晃，跟狗玩捉迷藏，鄰居來電，要給我送菜來，心想，太神了，她一定看到我的冰箱是空的！一次送來四種美麗的蔬菜，夠我吃一禮拜的份量。以前不相信沒噴藥的菜可以長漂亮，現在相信了，這位太太一輩子就在這山區，全部生活就是她的「頭仔」(台語，先生的意思)，犯不著送人菜還得說上謊，她說自己吃的，只有在小苗的時候噴藥，開始包心(指高麗菜)就不用了，就是長小了點，當真用藥可以比我的頭大，我一直讚美她，真會種，她愈說愈起勁，開始要教我種菜了，我趕快轉移話題，這好不容易清閒的日子啊！

　　剛採下的菜，手感與聲音就是不一樣，特別清脆，能量最高了，豈能錯過，中午就來一盤清炒高麗菜、蘿蔔湯吧！

　　這個時節，有較多時間作自己，花季時，經常是被花塞滿整顆心，成天只管花美不美，肚子餓了好像不關我的事，囫圇吞棗是常有的事，非得要到冰箱都空了，開始吃乾糧，才甘願去採買食物。難得能悠哉悠哉，逛逛久違的菜市場，假裝自己是家庭主婦，混在婆媽群裡，一

手拖著菜藍到住家附近的小市場，一手拎著一束象徵愛情的粉色虎頭蘭要送去給土地婆。

遠遠的有一個八、九十歲老太太，佇著拐杖迎面而來，步伐之緩慢，幾乎感覺不到她在前進，但她雙眼緊盯著我手上的花，當我經過她身邊時，我的餘光看見她身體隨著我的花而轉動，於是我一個大轉身，將手上的花高舉在她面前，頓時她臉上的皺紋像一朵盛開的冬菊，我與她相視而笑，沒有言語，又一個轉身，我已淹沒在人群裡。

我想，是遇到了八十歲的自己。

當我八、九十歲時，相信所有的記憶都消逝了，唯獨虎頭蘭的記憶猶在。

生命中總有分享生活點滴的好朋友，但每個好朋友都有自己的生活要過，不可能天天陪著妳花前月下，而生活裡有太多的美好與哀愁要傾訴，於是開始和自己對話。

有天，當我在整理小紫屋時，天空正晴朗，遠山清晰可見，藍天白雲層次分明，和煦的風吹進屋內，當下感覺這裡好棒啊！心想，如果此時有一個「我」這樣的好朋友在身旁那該多好，「那個我」一定會經常來這裡看看「這個我」，然後住上幾天，享受靜謐的山居生活，清晨我們會一起穿梭在花田，任葉子的露水將我們的衣服打溼，然後很有默契的說：「溼就溼了，也不枉走這一遭呀！」太陽昇起時，我們會一起躲在屋裡睡懶覺，躺在床上大啖零食喝飲料，把屋子弄得髒兮兮的也不以為意；傍晚在夕陽下說著過往，等待夜晚來臨，然後躺在星空下共織夢想。

「那個我」想必懂我，當我顯露驕傲那一面，她也會引以為傲，我高興她為我喝采，我掉淚她為我擦拭；當我孤單寂寞地走在山林間，做著別人無法理解的事情時，她會陪在我身邊，告訴我不是一個人，許多生命正與我同行；在我意志薄弱時給我重重的一拳，打醒我，在她面前不用藏，只須盡其在我。

「那個我」真的出現了，每天跟我說早道晚；在生活上我們有了更多的默契，然而，一個人一輩子難得遇見真實的「那個我」，很高興能與自己相遇。「那個我」就存在當下一個念頭，當你需要的時候，「我」就出現了。

隨著雨水節氣到來，天氣漸趨暖和，門前的櫻花開滿了，樹上滿是蜜蜂嗡嗡作響，成群的蜜蜂很驚人，我喜歡這種花若盛開蜂蝶自來的感覺，就像遇見另一個自己，櫻花看見了自己，蜜蜂也看見了自己，當一個生命充滿希望時，在她身邊的自然是另一個充滿希望的生命，生命與生命之間必定存在著共鳴吸引力，當花退時，蜂必然遠去，生命再度沉寂，不是捨下，只為了來年遇見更茁壯的自己。

＜遇見＞
林間撒落一地枯葉
是漫步的悉悉窣窣聲響
你走過
不經意回眸
是前世的巧笑倩兮
我知道
是你
風捲起
那抖落滿身的記憶
是我　前世的知己

林間撒落一地枯葉
沒人走過的悉悉窣窣
是風
風再一次捲起
是那等待的嘆息聲
期盼　再一次
不經意回眸
是我　想
遇見另一個自己

下篇：給阿蓮娜的一封信

親愛的阿蓮娜：

心苦了！辛苦了！

妳接手花園時正值「立春」，轉眼「立春」已過，整整六年了，我以為妳撐不過三年，沒想到妳竟超乎我的想像，並且愈作愈大，不知妳哪來的勇氣與力量？

我知道你經常向菩薩祈求智慧、勇氣、力量和一顆無畏無懼的心，讓你能夠繼續勇往直前，可見在內心深處妳是害怕的，妳推開一扇又一扇未知的門，每道門裡面都是一個挑戰，有政府部門、有雜草門、有等著要錢的門、有死亡的門、有無常的門……常常不知下一扇門推開又將會面臨什麼？難怪妳需要充滿能量的心，知道這條路你愈走愈顛躓而行，孤獨與寂寞常伴隨著妳，但在大自然裡時間久了，你不自覺變得勇敢與開朗，這樣的性格幫妳擊退了「害怕」這隻怪獸，我不禁要說：除了勇氣，妳還剩下什麼？

妳經常在花田裡摔得青一塊、紫一塊，「唉唷」一聲，然後笑自己很笨；更常在雜草堆裡被蟲整得全身又癢又紅腫，妳也沒退縮，還戲謔自己細皮嫩肉。身體受傷妳給她擦藥，生病妳給她吃藥，髒了妳給她洗乾淨，不把身體的不適放在心上，好像妳的身體從來就不是妳的，只在乎心裡牽掛的人是否同妳一樣牽掛他般牽掛著妳，心靈的滿足更甚於形體外顯的一切。

妳不在乎別人怎麼看妳、說妳正在做一件蠢事，反而跟著自嘲確實是在做蠢事，明知是愚蠢的事卻也

沒想過要放棄，也許是花神在妳體內注入一劑「沒有退路」的汁液，所以妳不知道放棄是什麼，於是宇宙就幫襯著妳，哪怕在花季裡出現妳生命最低潮的時刻，那個苦痛都沒讓妳失眠，就為了讓妳隔天有精神上工；在妳面對一堆花忙不過來時總有人適時伸手幫忙，沒讓妳對著花哭泣；在黑幕籠罩下獨自開車送貨下山再摸黑上山，讓孤寂強壯妳的心量；但這一切都像是在測試妳的能耐，好像過了這一關，會得到大獎一樣，讓人拭目以待。

妳比六年前樂觀許多，六年前妳生活在舒適圈裡，卻總是愛生氣、愁眉苦臉、缺乏笑容；六年來，妳的生活漸次接地氣，不再重打扮、不再重美食，反倒精神多了，也許是跟花相處久了，臉部表情愈來愈像一朵盛開的花，再忙再累都笑臉盈人；知道用平常心面對無常，承受無常帶來的苦，琢磨若不苦就不是無常了，唯有吞下人生的苦，才能懂得珍惜人生的甜。我覺得妳現在雖然生活在大自然裡，但也像徜徉在大海裡，靜靜的、湛藍的，偶而有些波光粼粼，我喜歡現在的妳，懂得與自己對話，沒讓孤單給囚禁住，猜想是這個花園改變了妳。

親愛的阿蓮娜，妳的人生無須成就任何事，那些成就的事都不是妳的，無須有雄心壯志，無須對誰負責，就算突然有一天你醒來，說「不想玩了。」那就行李收一收下山吧！但妳要將自己所持有土地面積種樹造林的大願，我認為是一件有趣的事，人生就是朝一件長遠且有意義的目標邁進，過程中也許會遇到挫折、困難、嘆息，但那是必然的，在在都是考驗妳的智慧與能耐，挺一挺也就過去了，未來十年想必成林

了，當成林的時候妳也可以納涼了。

　　我比任何人都相信妳的潛能，也比任何人都瞭解妳，若不是我一直端著妳，妳早不知飄哪兒去了！不管妳飄哪去，都記得回到初心裡，但不要再作自己了，妳不再需要作自己便會擁有自己。有一天妳會靠在一棵大樹下乘涼，那棵樹會一直在妳身邊為妳遮風擋雨，他會給妳兩個自己，安頓妳的靈魂，從此銀鈴般的笑聲會穿越枝葉花朵迴盪在花園裡。

　　時光有一天會老去妳，但滂沱的記憶會始終在時間的洪流裡青春著妳。

　　＜時光＞
　　時光　荏苒
　　青春在滂沱的記憶中逝去，
　　依稀聽見夜晚屬於我們騎乘的風聲，
　　帶走的留不下，留下的是帶不走的，心。
　　抓住了從指縫傾訴的雨滴如呢喃般模糊，
　　歲月的印記是不複存在的年少輕狂，
　　始終不停歇的追逐是－
　　對愛情的渴慕，
　　對心靈的放逐。
　　你的字字句句勾起那層層心坎，
　　再一次，
　　從塵埃裡開出花來。

第二一章 驚蟄

2018.3.5 ～ 3.20

· 上篇：煥然一新
· 下篇：面對與接受

上篇：煥然一新

天氣開始回暖了，萬物復甦，我的園區也跟著活絡了起來，先是舖水泥路面工程，緊接著又是樹木移植工程，單這兩個工程就足以將園區妝點的煥然一新了。

舖水泥路面工程，從過年前到過年後，說好的日期改了又改，終於在驚蟄節氣動工了，這個時候，雨水還沒來，微涼，無論是舖路面或是樹木移植，都是最佳時間點。一早天氣晴朗，一群人、幾輛工程車，浩浩蕩蕩前來施工，在舖路面前，有些前置作業，而我被分配到的前置作業就是把三隻狗關起來，以免狗陷入泥漿中，或腳印踩得到處都是，偏偏，這些狗，精得很，好不容易抓進屋子的圍欄裡關著，卻總能找到縫隙鑽出來，或挖洞爬出來，一而再，再而三上演脫逃計，看來牠們比我還想在這條路上留下足跡。

所有工程中，這是我最期待，也是眾人殷殷期盼的，眼見梅雨季即將來臨，若道路仍泥濘不堪，那麼進出的車輛都會望之卻步，而我會是首當其衝，因為這是我家門口啊！最常進出莫過於我。不料，竟在中午下了一場雨，有點擔心混泥土被稀釋，於是請他們停工，有道是：好事多磨。還好第二天天氣很好，順利完工了。等了好久好久的事，等到時，會特別感動，想要擁抱大地親吻祂。

舖路面完工後，緊接著是前往地主家，將他要送我的一批大樹及景觀石運送回園區。第一次看大樹移植，在怪手先生專業解說下，又長知識了，他的形容

很妙，樹就跟人一樣，年齡愈大，愈怕開刀，開刀後復元慢，所以大樹移植斷根後，要包著土球，就像人動大刀的傷口，要包紮一樣，但小樹生命力強，馬上移植，就算沒有土球跟著，存活率一樣高，如同小孩跌倒，擦破皮的傷口很快就癒合了，我想了想，是樹跟人一樣？還是人跟樹一樣呢？不重要，重要的是，生命的價值就在活著，活著比什麼都重要。看著大樹一棵棵種下，多虧怪手先生當一日志工，指揮大局，讓今天得以迅速確實完成移植。

專業的事不有趣，有趣的是，在空檔時，地主太太告訴我，日後要將造景石作一個許願池，還要寫「心想事成」，讓遊客自動投錢進去，讓錢源源不絕湧入……「嗯嗯（點頭），筆記筆記」；過了一會兒，換地主先生說，現在人都愛唱歌紓壓，要設一個投幣式卡拉 OK，讓客人自動投錢……「嗯嗯（點頭），筆記筆記」；前幾天，一個來自上海，從事珠寶業的客人，知道我的工作後，拉高嗓門說：妹子，咱這年紀，扮著點，貴氣，別作那些土裡土氣的工作，要賺到猴年馬月的呀？到大陸來掙錢，姐給妳撐著……「嗯嗯（點頭），筆記筆記」。

作了很多筆記，但我心佛著，如如不動，不是不愛賺錢，而是更享悠閒生活，既然選擇山居，必然選擇放慢腳步，回歸自然，不屬於自然的就讓它留在該它在的地方吧！

這幾天，不僅山上忙，山下也跟著忙，台中家一晃眼也住十幾年了，有些地方已老舊，萌生翻新的念頭，彷彿驚蟄的節氣讓所有的事物都動了起來，於是開始一連九天三個工班接力的工程，我則被困在家中當起監

工，所幸家裡到處有花可賞，也不枉費當一個花農了，每每寫到這裡，就慶幸還好不是種菜種水果的，不然，到處放一把菜一粒西瓜，能看嗎？

想起去年初，因緣際會當了十天寄宿家庭，接待三位來自河南省的幼兒園園長。第三天，他們好奇我的工作，猜我是不是搞藝術的？家裡的擺設特別有美感，看著一面牆上星羅棋布的馬克杯，又猜是不是搞杯子進出口的？我說，我是種花的，當下覺得他們一臉不可置信，這反差也太大了吧！話題轉到餐桌上的花時，他們無不嘖嘖稱奇，說在她們家鄉沒見過，還以為是假花呐！問我，貴吧？我說花是奢侈品，不能吃又看不飽，其中一位老師馬上說：「值得。你說這錢放桌上能欣賞嗎？(形容的真好)換成花擺桌上，每天進出看了心情多好呀！」說著說著就向我買一盒花，要送給她們來參加研習的學校校長。

回到台中，每天早晨固定的程序，就是輪流站在每一瓶花前面給花看，以前是看花，現在是給花看，差別在哪？以前，我來評斷花美不美，現在是花來評斷我美不美？經不經得起審視？過去太以自我為中心，不懂得沉潛，看每個人都像在看一枝花一樣，檢視著有無缺點、端不端正，哪裡該修、哪朵該去除，最後拿在手上的是去蕪存菁的一枝花，這個花季結束後，我有了不一樣的省思，我不再是我，而是一枝花，角色反過來後，能不能經得起被審視、被評斷、或被欣賞？身段夠不夠柔軟？我想要開始學習當一枝花。

裝修結束後，漫步到附近街道，看到整排的苦楝樹開花了，隨著微風散出清香，飄下片片花瓣灑落在我臉上，好舒服啊！回想起認識苦楝樹是在花蓮，那

時應該也是這個季節，花季結束了，與莊主開著車兜到花蓮瑞穗鄉下，在一處公園看到一顆大樹，開滿了淡紫色的花，好美，卻不知道它的名字，問在樹下乘涼的老人，才得知。從此記得開花的它，如果沒有花我認不得樹，就這樣，花、名字、場景，多年後依然記得。

這個時節，春回大地，山上、山下、裡裡外外都煥然一新。

＜想念＞
想念故鄉的你，
想念你的樣子，
想念沒有我的你是如此的孤單。

遠方的我，
採摘路邊的小花將你帶在身邊，
有你的陪伴這一路我心踏實。

翻過雪山，
就是 香格里拉，
聽說 香格里拉是人間仙境，
那裏充滿喜悅與富足，
我感受到了。

但是——
沒有你的香格里拉，
仍然不是人間仙境，
我想念你，
有你在的地方才是香格里拉。

翻過雪山，
就是 故鄉，
等在故鄉的你才是屬於我的香格里拉。

下篇：面對與接受

從 2012 年二月接花園起，開始面對不一樣的人生，生活因此有了很大的轉折，也有了不一樣的心境，從台中都市日常到嘉義山上日常，有著截然不同的生活。

還記得搬來山上的第一天，我們像要定居一輩子從此不下山似的，所有的家當幾乎都搬上車，什麼鍋碗瓢盆、枕頭棉被、食物一箱又一箱，妞妞（黃金獵犬）只能被擠在車角落，完全動彈不得，滿心期待來到花園，尚有天色，將車上東西搬進屋裡就定位後，大大掃除一番，涮涮洗洗，生平第一次住貨櫃屋，滿新奇的，麻雀雖小五臟俱全，冰箱、電視、流理檯、餐桌、廁所，想得到的家庭所需全都在這十三坪裡，充份運用空間，相較台中家七十坪，這裡顯得簡潔許多，妞妞跟在台中家一樣一起在屋內睡覺，用完晚餐後，才七點左右，電視頻道轉了又轉，沒幾台可看，好不容易熬到九點，可以睡覺了，躺在床上，看著天花板，呼吸勻稱，一股黴味竟衝進腦門，我想是山上長期濕氣所造成的，翻來覆去，將鼻子放進被窩裡，但黴味依然存在，想必彈簧床墊也沾上氣息，兩個人在床上翻了兩個小時後，不約而同跳起來，說：「回家睡覺吧！明天早上再來。」我倆噗嗤大笑，妞妞跟著我們跳上車，結束滿心期待的第一天山居生活。

在路上，我慢慢咀嚼「幻滅」滋味，頭枕在莊主腿上，莊主一隻手搭在我臂膀上，輕撫著我，此時，無聲勝有聲，看著沿途連一盞路燈都沒有，星星也沒有，月光穿不透烏雲一整個憋屈，涼風陣陣吹進車窗裡，吹不走滿臉倦意，吹來鎩羽而歸的瀟瀟樹聲，妞妞不明究理，早已呼呼大睡。

● 妞妞

　　我開始面對與接受不一樣的生活，第一件事就是接受泥土，既然選擇了與自然為伍，那麼，踩在大地上的泥土與我同進同出屋子是免不了了，接受永遠掃不乾淨的地；驚蟄後，面對始終在竹林裡神出鬼沒的赤尾青竹絲；接受住的貨櫃屋經常會有大大小小的蟲進來共寢；面對像拳頭般大的蟾蜍總是躲在花籃框的一角嚇我；接受總是潮濕發黴的木櫃；面對春風吹又生的雜草；接受理想與夢想的差距；面對日漸阮囊羞澀的窘境⋯⋯

　　接受與另一家子同居：我住在貨櫃屋裡，而貨櫃屋夾層又住了一戶人家，不管白天或晚上，三不五時就像開運動會一樣來回奔跑，有時又像在開派對一樣，從四面八方齊聚而來，愈晚愈熱鬧，經常是吵得震天嘎響，從一開始的與牠們損上，到後來接受井水不犯河水，只要永不照面就好，牠們就是我的「家屬（鼠）」；接受小狗經常啣死臭鼬回來當禮物，感謝我這個主人每回從台中來就給牠們加菜；接受雜草永

遠來不及除完就春風吹又生的無能為力感；接受妞妞不再跟我們一起住在狹小的貨櫃屋裡的事實，而妞妞也開始展開她不一樣的狗生，關於這點，我用了很多時間去調適，也許她從來不在意住哪裡，只要跟在我身邊就好，但當我看著她一屁股坐在滿是泥濘的地上時，我好……難以接受啊！看著她在戶外跟其它狗打群架，弄得滿身髒兮兮回來，幾乎讓我忘了她曾是一隻美麗、養尊處優，號稱狗界的美女，她不難過我卻心裡難過，此時，我覺得我看到的不只是妞妞，還有我自己。

　　有一天，那是妞妞生平第一次看見大蟾蜍，她很好奇，伸手要碰牠，蟾蜍跳到石牆上，妞妞緊盯著不放，整個身體一動也不動，望著蟾蜍出神，蟾蜍也一動不動，或許是想要偽裝自己，我看著這一幕，不知還要僵持多久，終於蟾蜍先動了，牠一整個轉身，面朝向妞妞，妞妞被嚇了一跳往後退了幾步，這時蟾蜍趁機跳走了，我想，妞妞跟我一樣正試著面對與牠以往不一樣的生活環境。

還要學會面對恐懼，例如蛇。猶記得剛來的第一年，傻不隆咚的在驚蟄過後，任意的跳進草叢裡，忽見一條大錦蛇就在腳邊蠕動，嚇得馬上返身連滾帶爬的逃離現場，莊主笑說從來沒看過我這慢郎中如此身手矯健；又一次因為停水，想去檢查水塔，一翻牆跳進水塔的區域，竟見一條阿里山龜殼花蜷倨在草叢裡，嚇得趕緊攀上水塔的梯子迅速往上爬，上去倒好了，站在半空中好久好久不敢下來啊！

大自然的事是不會改變的，但大自然可以改變一個人原本的思考模式與行為模式，我漸漸地適應了山居生活，慢慢地不再看見什麼影子就大呼小叫，經常是莊主被我的驚叫聲嚇到，其實事情的本質並沒有改變，只是學會了面對與接受罷了。

＜一刻間＞
一刻間，天是藍的，我仰天屏息以待；
一刻間，滴起雨水，我盛接天地精粹；
一刻間，黑幕蔽天，我好整以暇待發；
趁著黑夜爬上屋簷在樑上跳躍，一刻間。
一刻間，癱了的我幻化成雲霧，飄渺去；
一刻間，黑咖啡融入白奶，顏色逐漸散去；
一刻間，如夢初醒。

第二二章　春 分

2018.3.21～ 4.4

· 上篇：花卉伸展台
。 下篇：生命中的過客／換盆

上篇：花卉伸展台

　　經營花園已經六年，花卉拍賣市場只去了兩次，一次台中、一次彰化，而全台灣共有五處拍賣市場，都是下午四點後開始拍賣，只有臺北市場是在凌晨三點半開拍，愛睡覺的我從來沒想過要去親臨現場，哪怕它是最大的花卉交易市場，也不為所動。若不是剛好上臺北聽兩場演講，激起我的戰鬥精神，還真不知何時才會想到臺北花市，去看看最大花卉的伸展台。

　　好久沒在半夜騎車了，為了一睹臺北花市拍賣盛況，硬是撐著眼皮跟同學借機車而來，凌晨三點半踏進臺北花市已經算晚了，那裡早已經熱鬧滾滾，隱約可以聞到花香，頓時我精神又來了，花（花香）一直是我的電源啟動鈕。趕緊去拍賣場上找麥克，他是熱情的花商，總是知無不言、言無不盡，這次來臺北花市看拍賣，多虧他介紹解說，讓我更加了解花卉的生命流動。

　　當我就定位在承銷商（花商）所處的競標臺上，眼前是一片盛況，四條拍賣線同時輸送當日各種新鮮花卉，有本地花材、進口花卉等，拍賣員快速拿起花介紹花的狀態，就在短短的幾秒，可以決定一枝花的起標價格，那幾千件的貨就這樣在拍賣員手邊川流著，看臺上的花商每個人都老神在在，邊吃早餐，邊下單，我是看得眼花撩亂，不知要看哪一條線，眼前一箱一箱的花，此時就是商品，沒有生命似的，一枝花從產地、花商、花店到消費者手上，依我看，就屬這個階段最沒有情調了，我是花農，尚且對花談情說愛，將花插滿整個家，更別說消費者買來送給心愛的人，那是多麼甜蜜的傳情啊！但麥克說，他鮮少帶花回家，在花市看都膩了，還帶回家！

　　雖然是三點半開拍，但從各地來的花，陸陸續續在凌晨一點左右就集散到此地，一直到全部花卉拍賣完約六點半，緊接著是花商理貨、出貨、採購人潮湧現，這裡簡直是不夜城。麥克告訴我，每年過年前一週的「加強作業時間」才恐怖，拍賣員一天連拍七小時，貨物量達上萬件，整個花市二十四小時不打烊。想想，我賺的雖少，但生活悠哉，每天在大自然裡，與花一同綻放生命，雖不能與價錢劃上等號，但卻與價值劃上等號。

　　看完拍賣，逛了一下花市，百花爭豔，也許是清晨的工作太勞累，店家的臉色多數還睡著哪！花本身很浪漫，但浪漫的背後是一群辛勤的勞動者，還有這個產業的老化，在競標臺上看不到年輕人，竟有 70 幾歲的，第一代沒退的還很多，第三代完全沒銜接上，麥克是第二代，作了近五十幾年，他說，兒子不接了，

怎辦？！

在一個攤位，看到一位年輕女生訂一束 999 朵玫瑰，指定送貨地址，她離開後，店員曖昧猜著肯定是送男朋友，光聽九百九十九朵玫瑰就足以令人充滿美麗的瑕想。花是個很奇妙的東西，婚喪喜慶都受用，還能撫慰喜怒悲痛的心，收到花的人，第一個表情就是笑，「心花怒放」我想是這樣來的。花是很棒的禮物，花本身就是生命，生命力是會感染的，因此，收到花很自然就是喜悅，代表生命正在綻放，這就是為什麼當一個男孩子要討女孩子歡心，會選擇送花，花能招蜂引蝶，為的是將生命傳遞，求愛的用意不正是如此。

人的一生，或多或少都有收過花或送過花的經驗，別說我送人花的經驗，那是太多了，較有趣的一次是，在台中每週一早上會有一位阿婆固定來附近回收資源。有一次，她看到我送鄰居花，就跟我說能不能也送她？我想，一位作資源回收的阿婆能在破爛中看見美麗，那麼她心靈肯是富足的，無論如何花是一定要送的啦！她很高興的收下，放在那堆回收資源中，花顯得特別亮麗；又隔了一週，我主動送她花，她很高興的收下了；第三週，我依然送她花，她拒絕了，並且說：「那個會黃掉，不用了。」嗯，我想了又想，前兩次她會不會以為是塑膠花呀！？想想，還是紙類、保特瓶多留一點給她比較實在。

至於收花的經驗，記憶中只收過兩次花，不及我送花的百分之一，第一次是在澎湖，專科要畢業了，那時在「老謝的店」打工，軍人常來店裡買禮物，那年代的澎湖，單純，也不知為何，一群阿兵哥就在我畢業前夕，合送一束 99 朵玫瑰到店裡，好高興，花凋

萎仍捨不得丟，作成乾燥花，又放了一陣子；第二次
是談戀愛的時候，收到野薑花，雖然不是浪漫的花，
但仍記得收到花的那一刻還是很開心，並取笑對方沒
有情趣，得到的回應是，因為我曾說喜歡野薑花，還
真忘了，猜想會這麼說，應該是不好意思讓對方破費
吧！後來，這個對方送了我一座花園，裡面種滿高貴
的蘭花，他，就是曾經的莊主。

　　當花季結束，家裡不再有蘭花時，我會去買花回
來，使家中始終保持有花的存在，讓花香瀰漫在屋裡，
最常買的就是野薑花，一來它是最便宜的花，二來它
是記憶中的花，一束野薑花經常能香氣瀰漫三兩天，
心情也跟著年輕了起來。

　　回程走在大街上，巧遇日系百貨開幕，會場一片
白色花海，剪綵的主花也選用白色系，一整個清新，
有別於經常看到的喜慶場合，總是用紅色的花為主，

隨著時代演變，有些觀念確實在改變，花的用色場合
就是一大突破，唯獨過年用的花色，恐怕一時半刻還
是很難接受白色吧！

＜白＞
靜靜地，看著我，
白色明眸訴說著，
　　給我你的手你的身，
　　讓我與你相融，
　　靈魂深處有情歸。

嘆息著，飄渺在白茫天際中，
是靈魂的回音：
　　我的世界是蒼白，
　　與你同色，為何？
　　沒有歡笑與哭泣，
　　只是一片白茫茫然，
　　如果，如果
　　給你我的手我的身，
　　請帶我去看彩虹。

白色明眸頓時成了一道彩虹，
劃過天際。

靈魂終於笑了，
給你。

下篇：生命中的過客／換盆

🎀 生命中的過客

2016 年的春分是我到這個山頭的第四年，四年來，這是她第一次跟我說話。

到山上的路上會經過一間雜貨店，老闆娘總是認真在門前的檳榔攤上包著檳榔，不苟言笑的她風韻猶存，看得出來年輕時的美麗。她一年四季都打著赤腳，儘管冬天穿著厚重，腳下還是一雙天然的「皮鞋」，經過她的店我會買的就是雞蛋，我總是像那些坐在貨車裡搖下車窗買檳榔的司機大喊：買 10 顆蛋。心想，她一定以為我是懶骨頭或瘸子吧！

而她總是面無表情的抬起頭，看了我一眼，就起身走進屋裡秤蛋給我，永遠只有「XX 元」幾個字回敬給我，從來不會和我多說幾句話，不像有些店家的老闆娘會因為經常看到你而攀談。有一次送她花，以為她會回我燦爛的笑容，如同多數的女人一樣有驚喜的表情，但她也只是淡淡「謝謝」兩個字，一樣沒有什麼反應，連花都無法打動的女人，我想這輩子大概看不到她的笑容了。

這一天我走下車，不想呼喚她了，也放棄了和她打招呼的念頭，反正她也不認得我，我蹲在蛋框旁挑撿雞蛋時，一隻貓咪從我腳邊磨蹭過去，也許是貓的舉動引起她的視線，又或者她真的想知道答案，關於我是不是瘸子這件事。於是，她放下手上的檳榔走向我，開口了：「今天你自己開車？你先生呢？一向不都是他載你？你在種花，在哪裡種呢？」雖然她還是沒有笑容，但至少我看到她臉部柔和的線條，原來她

認得我，我還滿高興的，心想，她終於確定我不是瘋子，而是懶骨頭了。

路上有幾間賣菜的，偶而我會停下來採買，其中一店家老闆娘總是笑臉盈人，親切問候：「上山啦！要回台中啦！送貨呀！」我送她花，她就回送我蔥；還有一間小吃店生意總是特別好，老闆夫婦經常忙得頭都抬不起來招呼客人，就顧著煮食物，客人點什麼看都沒看一眼，儘說「好、好、好。」有一次隔了好久才又去那家小吃店光顧，結帳時，老闆娘竟說：「好久沒來了。」原來她認得我們，都以為人家沒在看，其實，是放在心上啦！

後來，我換雜貨店採買了，也不常買菜了，小吃店也不再去了，自從生命中的常客也像過客一樣從我生活中消逝，我的生活習性也跟著改變不少，最大的改變是不再下廚了。偶而經過這些店家，會不自主放慢速度從車裡看出去，檳榔店的老闆娘依然低著頭認真包著檳榔、賣菜的老闆娘依然笑臉盈人、小吃店依舊生意好到個不行，在這條通往花園的路上，不知有多少過客從我生命中經過，更遑論人生路上，過客何其多。

我一直都不喜歡過客，過客之於生命太匆匆了，而生命太短暫了！深情如我，一抹笑足以銘記在心一輩子，太多的過客從生命走過，只是徒留情空遺憾罷了！

● 乳白斑燈蛾

● 月肩奇緣椿象

＜過客＞

你是我生命中的過客

曾經

在春天，我們一起看櫻花

在夏天，我們一起去避暑

在秋天，我們一起賞楓葉

在冬天，你說天冷要走了

我拉著你的衣袖

　　說　一起走

你反身放下我的手

　　說　下雪了

　　再慢走不了

你張翅　消失在雪中

我一直都知道

你是一隻昆蟲

一輩子就四季

而我有無數個四季

你不知道

我陪伴了你一生

你卻是我生命中的過客。

● 長尾水青蛾

● 白頷樹蛙

＜愛情＞

終於你來了，

一直都相信你會找到我，

雖然我不認識你，

但當你像拖著嬰兒般托著我臉頰親吻時，

那是前世的溫度，

不曾有過的溫暖再度回流，

我知道，

就是你。

我等了你好久好久，

一直朝那天空望著，

知道不管多遠距離，

知道不論多久世代，

你都會飛來我身邊，

然後帶著我一起飛翔。

在天空我們緊緊相擁，

就怕一個鬆手再見又是來世，

請許我一個世，

再也不分開了，好嗎？

🎀 換盆

每年春分過後一直到夏至，這段期間會開始作換盆和分盆的工作，意即將小盆換到大盆，將爆盆的植栽分割後重新裝盆，用的介質不是土，而是椰塊，必須將乾燥的椰塊充分浸溼後才能種植，在花園的勞務工作中算是較為輕鬆的。

2013 年是接花園的第二年，卻是第一次作這件工作，那時找了一位新住民來幫忙，她是第一次到蘭花園工作，我們總是邊聊著天。有一次，我見著其中一盆有狀如星星般顆粒的蕨類，剎是好看，於是拿給她瞧瞧，問她是不是也覺得很美？我打算要種。哪知，她居然說，她不喜歡，她喜歡能賣錢的！我沒搭理她，續續欣賞，拿起手機拍照，她說：「好了啦！快工作吧！」我接著要挖起來種，她又說：「不要種了！趕快種能賣錢的。」（指手邊的工作）我發現她真的很愛賺錢，比較像老闆。之前，她剪了一些花，我看有些花苞明明沒開，是硬生生被掰開的，她堅決否認是她作的，只說，一兩朵沒開沒關係，趕快拿去賣錢吧！搞不懂她的邏輯，今天沒賣錢，明天也能賣錢啊！不都是我的錢嗎？

又一次，她第一次幫我剪花，接著跟我理花半天，太陽下山了，她語重心長的告訴我，她看我把因為一兩朵醜的花朵，就整枝丟掉很可惜，花朵數少的我說賣不了多少錢也不賣，於是她建議，可以把好的花朵剪下，用牙籤固定在花朵數少的花莖上，這樣花朵數變多就可以賣了，還能賣個好價錢，兩全其美！我聽了啼笑皆非，虧她想得出來用牙籤固定，我問，萬一

241

被發現呢？她回我：「不會啦！牙籤固定好就不會掉
下來，要不我來弄吧！？」我看著整個山頭被夕陽染
成一片橘紅，很詭異的景像，忽又發現山邊掛著半輪
彩虹，覺得這世界充滿各種奇妙幻想。

　　＜彩虹＞
　　向晚的彩虹多了幾分詭譎。
　　靜謐的天、
　　靜止的風、
　　糾結的雲，
　　彷彿在等待著什麼？
　　不久，天暗下，
　　果然下起雨來了！

 清 明

2018.4.5 ～ 4.19

・上篇：花舞山嵐
・下篇：祖師爺欽點

上篇：花舞山嵐

在開墾這片土地時，發現這裡蘊藏了許多大石頭，有些石頭因為所處位置不當，無法完整保留，必須擊碎，作為擋土牆的基石，仍是守護了這片大地，為這些石頭感到驕傲。而在大門入口處，有一顆大石，佇立的位置既不影響出入，亦不影響整地平臺，怪手原想也將它擊碎作為更多擋土牆基石，但我直覺它會是一顆很棒的鎮地之石，於是在我的請命之下，將它從怪手中完整保留下來。之後，便一直想著，要在這石頭寫上「花舞山嵐」四個大字，做為迎客地標。

終於在清明時節，屬於花舞山嵐的鎮地之石，在大嫂的領軍揮毫下有了名字。並且寫一段引文，及為每個字下註解。

此時正是清明節氣，東南風吹起，微溼回暖的氣候，讓大地呈現出新生面貌，在緬懷先祖的同時，也感念自然給予人的一切，如同大自然是我們的老祖宗，而我們所能回饋給自然的僅僅是珍愛大地。

‧花：一筆勾勒成而成，為寫下這莊園名字一期一會的緣份珍惜，期盼此緣能永續不斷。

‧舞：乃一絕妙女子，蒔花弄草，熱愛大地，擁抱自然，盡情舞動山林亦舞動人生，為農莊之靈魂人物。

‧山：為一壯士，有太極之姿，與舞對應，陰陽相隨，手臂呈挖掘之態，不斷前進開墾乾坤，是農莊靈魂背後的力量。

・嵐：天有五大「地、水、火、風、空」覆蓋之恩；地能生承載之德，天地合一生養萬物，眾生物體所依自然。置身於山嵐中，如置身於大自然五大動力間，身心靈將回歸到最和諧的狀態。

後記：「一期」為佛教用語，指人的一生；「一會」則意味著僅有一次相會。勸勉人們應該珍惜身邊的人，珍惜每一次的相聚。

為了這次的提字，大嫂作足了功課，參考各種字體，反覆臨摹，定稿後，便為每個字寫下起心動念的意涵，並且在書寫的同時，意念著對大自然、對農莊、對我均是最好的願力，看到定稿後的四個大字，每一個字都充滿希望與力量，以及對我滿滿的愛護，心中有萬分感謝。

當初在想該找誰來寫這四個大字時，大嫂是我認為最佳人選，不僅因為她寫得一手好字，更因為由她來執筆，才能顯出園區真善美的本質。這個農莊的建構原本就不是我個人能力所及，不論在金錢或體力上都早已超出我能力範圍，但它之所以能不斷成長，是因為集合眾人的力量，將我往前推。如果這是一個由錢堆砌起來的花園，那麼它的美麗是精雕細琢，就像溫室裡的花朵，不會充滿故事，不會發人審思，我想，從古至今，一個故事之所以流傳，是因為苦盡甘來，就像所有的公主總在受盡苦難後，才會遇到王子，才會翻轉命運；我覺得這個花園之所以迷人，正因為我不是有錢人，在這樣的情況下，許多的神來之手反而造就許多花舞山嵐真實、善良、美麗的故事。

● 原來入口處及鎮地之石

　　在正式將字體寫上石頭的這天，剛好是清明節氣，並非刻意擇期，這樣的剛好，足以記住園區鎮地之石的生日，也許真是風生水起好運來，一整個下午，天氣清明微風，一群人得以在天空下恣意隨性或坐或臥或嬉鬧，提字的工作得以順利進行，不致於豔陽高照、汗流浹背，也不致於山嵐籠罩讓油漆無法附著於石頭上。

　　初次來訪的友人，得知今日的活動，帶著空拍機而來，為我們記錄整個過程，當鏡頭往上飛，高到不能再高時，拍下整個園區俯視相片與縮時攝影，這是我從來沒看過的一幅畫，好壯觀，好美麗，彷彿也看到我在這幅畫中走動的一千多個日子縮影，多麼美麗的身影，這種感覺，只有我自己懂，如同在第四章「美麗與孤獨」中寫到的心境般。看著我所屬的土地僅一半腹地重見天日，尚有一半仍是檳榔林，不禁暗自期許能在今年內將檳榔樹全鏟除，然後種下一棵棵樹苗，再一個十年空拍時，將會是一片彩色林木。

<花舞山嵐>
山嵐，
忽晨起、霎時落、翩然到、倏忽沒；
花，
隨著山嵐翩然起舞，
時而隱沒在其中，
時而探頭搖曳在風中，
又時而沉睡在陽光下，
花舞山嵐悠遊天地間。

下篇：祖師爺欽點

羅姐，纖瘦的身材、秀麗的長髮，加上太陽並沒有在她臉上留下太多印記，看起來完全不像是個農婦的樣子。也確實，在這之前，她是一位景觀設計師。

羅姐離開山上後，回到十年前任職的公司，又當起了景觀設計師，我替她感到高興，因為過去她太認真工作了，經常錯過夕陽，而今，她能跟著太陽一起下班，假日能去登山，盡情飽覽日出日落。2015 年初冬，她傳了兩張照片給我，一張是整個星空下就一個營帳的照片，原來她一個人去登合歡山北峰，在小溪營地紮營夜宿在氣溫只有一度的蒼穹星空下，這張照片月色照亮了大地上唯一的營帳，我端詳著，久久不能移開視線，星空下的原野很美麗，美麗與孤獨的寫照，不知該注視那星夜還是那頂營帳？另一張照片是松雪樓前的溫度計下，巧的是，那天我也站在那裡照了一張相，我們居然在相同的時空作了同樣的事。不同的是我與莊主穿越合歡山去了花蓮。

2018 年清明時分，我們互傳訊息，我給了她花園空拍美景，她則給了我更多山峰美景，並傳來「九天一個人旅行日記」中，其中一段有趣的記事。

第六天。松蘿湖—花蓮太魯閣—大同大禮「民宿」。

因松蘿湖回程下雨，原就泥濘的路更加難走，費時 4 個多小時才抵達停車場，隨即驅車前往太魯閣，車速因假期而呈現緩慢，到達遊客中心時已經下午四點了，致電民宿，主人一直不讓我上去，因為到大禮後還要走四公里，約五小時才能到達，主人說太晚了，危險。我請他放心，

我有帶頭燈，整裝後到遊客中心買了隻雞腿，邊走邊啃我的午餐。

4：50 我開始爬那漫無止境的階梯，好不容易 1200 多階梯爬完了，接著又是陸上的石頭路，好久好久才前進 100 公尺，將心靈放空地慢慢爬，到底陸上爬了多久也不在意了，反正就是得爬，好不容易上了林道，天慢慢黑了，眼睛跟著慢慢適應林道的月色，頭燈竟也忘了派上用場，只一昧專心趕路，突然，有一輛蹦蹦車頭燈對著我照，刺得我眼睛睜不開，用手掩上面，他則嚇一跳，黑暗中有一長髮無臉的人……虛驚一場後，他說他出去接人，讓我慢慢走，回頭接上我，我節奏依然，一路趕到民宿，此時，庭院前 20 幾個房客群起歡呼，我第一句話「現在幾點幾分？」「7：35」，竟走不到三個小時！自己都不可置信。同一時間，蹦蹦車一路找不到我，用對講機互聯全部落要提高警覺一女子出沒，入夜後若不見人影，要動員搜救。此時我已經走進民宿叉路了，一踏進，馬上有人用對講機發佈消息，「人已安全到達」緊接著是一陣歡呼。

隔天早上我往上走到大同，行經幾戶民宿，每個人都問我：「你就是昨晚那個女生」？看來昨晚的舉動瘋狂了點，成了今早的頭號人物。

接手一年後，羅姐回來看看花園，當我們看到彼此，同時笑了，因為一年前我是長髮，她是短髮，而今，她留了長髮，我則剪了短髮，好像角色互換，連帶著外形也跟著互換了。多年來我一直是長髮，會剪短髮是為了記住那一年的改變，必須要說，在我人生的歷程中，這是一個非常大的轉折。

當年，她懷抱著夢想，從高雄到嘉義山上經營這個花園，前兩年經歷了不為人所知的波折，獨自帶著一批虎頭蘭幼苗出走，找到一塊可以承租的六分地之後，開始了與夢想一起成長的八年歲月，我不知道一個人要經歷什麼樣的事情可以下如此決定。因為自己後來也經歷了開墾與搬遷的過程，所以回頭看她的過程是倍感艱辛，尤其要自己獨當一面，在一個陌生的山區對一個外地來的人而言，內心必定是煎熬的，何況單身女子更容易引起流言蜚語，這點我由衷佩服她。但萬萬沒想到，後來我竟也面臨到同樣的問題，甚至有過之而無不及。

　　羅姐是從育苗做起，她選了兩種主要花卉，一是軛瓣蘭，一是虎頭蘭，都是秋冬植物，我喜歡秋冬的花，在微寒的季節看到美麗的花會有一種溫暖與人陪伴的感覺。從育苗做起所代表的意義是前三年完全沒有主要作物收入，因此必須兼著種植其他快速收成的植物，謀取最快收入來源，這在體力上非常消耗，精神上也非常煎熬，若沒有破釜沉舟的決心是撐不下去的。

　　她的八年是怎麼過的我並不知道，也沒有去探知，雖然我已經在這個山區六年了，但說真的，認識的鄰居都是點頭之交，這些年來我只聽過來山上收購花卉的花商告訴我，羅姐是個相當認真的女人。有一次，她的花園被不肖人士用殺草劑噴灑大批苗木，心血付之一炬；而花季時一個人真的忙不過來，又要出貨又要理花，連晚上烏漆嘛黑了還載頭燈在花園裡繼續工作著，這兩件事，羅姐都有向我提過，對於入夜後還載著頭燈在花園裡穿梭，她自嘲像隻螢火蟲，記得那時還問她，晚上有遇過什麼事嗎？她說：「有一次好

像有人進來，於是我就把頭燈關了，當作自己不在。呵呵～」會作這些事，若沒有相當程度融入大自然是辦不到的。

一開始前幾年，父母不捨她獨自一人，於是陪著，2009 年八八風災那場豪大雨，使得阿里山區爆發大洪水及土石流，當地二十幾座橋梁幾乎全數沖毀，阿里山公路柔腸寸斷，嚴重受創，許多道路都封了，甚至是困在山裡沒水沒電，她不捨父母再跟著她吃這種苦，送父母下山後，便沒再讓他們上山幫忙，父母亦不捨她一個女子在山裡頭獨自耕耘，勸她賣了花園吧！

2010 年她開始獨自一個人與花相守，同時找尋買家，她向她所信仰宗教的老祖師祈求能夠找到一個同她一樣愛花的主人，讓她能放下這片花園，回家陪伴父母並且可以專心修行。2011 年，屬於他們宗教的營利事業出了一系列「蓮花」相關產品，她自己也是愛用者，那年年底我就出現了，她看到我的名字直覺是老祖師給她提點來了，心想應該就是我吧！

當我知道這個故事後，不得不相信，也許我真是她的老祖師欽點來的，不然不會在完全沒有接觸過花卉工作，連最基本的怎麼理花、怎麼出貨，完全沒概念的情況下，沒有多加考慮，就傻裡傻氣接下這座花園，接續她的任務，帶著花開疆闢土，走進了我人生的桃花源。

我相信存在萬物的同空間裡或不同空間裡，有相互等待的兩個情感，也許是前世撒下的種籽，說好等開盡滿山，一起度過春夏秋冬，卻沒待花開就離去，種籽的前世記憶還在，花開了，不斷喚起那等待的人，

花不知經過幾世的翻飛飄落尋找曾經相許的人,而人經過累世春耕夏耘,卻遍尋不著那滿山遍野的花,兩個情感不知經歷幾世空間交錯的擦肩,終於,我來了,來實現那「開盡滿山,一起度過春夏秋冬」的諾言,如同為妳起的花園名字「花舞山嵐」。

與其說我帶領著她們開疆闢土,不如說她們帶領我走進說好的桃花源。

想起前世的許諾。

<許諾>
不捨,
心跟著那花瓣破損,
你的氣息是如此熟悉,
撫平焦燥的心,
這是我們最接近的時刻,
說好的未來,不變。

252

為妳取水滋養,
穿越林間,
迷失了方向,
淚成河　流向妳。

曾經一起許下諾言,
喚起　不再　曾經　的記憶,
不再　不再　曾經,
捊拾一把美麗的容顏,
再回首　是你我相視的笑靨。

● 部落民宿窗景

穀 雨

2018.4.20～5.4

· 上篇：夢想藍圖
· 下篇：十大功勞

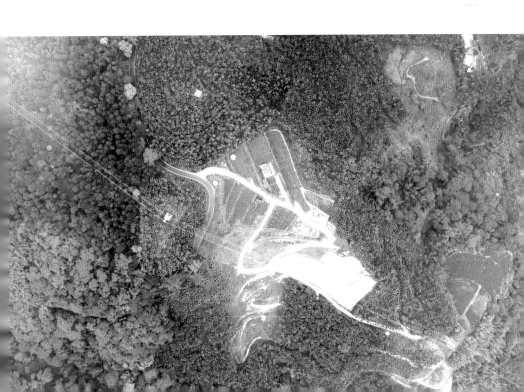

上篇：夢想藍圖

● 採花中的我

　　隨著時間前進，花園日趨成熟，夢想藍圖也日趨清晰。

　　開墾到目前為止是最大值了，接下來希望能維持大地山林原貌，讓生態回來，不要有太多人為的裝置在這個花園裡，有的只是植物與動物以及那些因為這裡美麗而群聚來的昆蟲鳥類等。

　　實現「花舞山嵐」的夢想，讓更多的花隨著雲霧裊繞在山巒中不經意地現身又隱沒，也許是粉色山茶花，也許是白柳蘇，也許是桃花紅，說不準在山嵐裡，將會看到什麼花搖曳著，但無論如何總有花舞著，那是我們的約定。

　　我期待有一個小咖啡館座落在山坡上，生意不要太好，不然我會手忙腳亂，無法停下手邊的工作欣賞

山景。我想：在下雨的時候，可以坐在窗邊看雨滴從屋簷滑落；山嵐起的時候，可以坐在窗邊看雲霧流動；出大太陽的時候，可以坐在窗邊享受冰咖啡所帶來的沁涼；落日的時候，可以坐在窗邊看夕陽餘輝，品嚐溫潤的熱奶茶，在美好中結束一天。我會一直坐在窗邊的位置，聽著最愛的「卡儂」旋律，把玩最愛的貝殼，一個人靜靜地守候日出月落；或許有人可以走進我的花園與我一起談天說地，讓花園充滿歡笑聲；也會在生命的角落空出一個窗邊位置，那是不管十年、二十年、一輩子，當我想休息時，隨時能靠著椅背閉著眼睛拈花微笑睡去……

從十年前開始，每次出國就買一個星巴克的城市杯，或有朋友出國旅遊也會託他們帶一個回來，至今應該收集有近百個杯子。心裡想或許有一天我能開個咖啡館，室內會有一面杯子牆，一格一格的放置杯子，格子底下會標示杯子的國名，而每個杯子我會寫上關於它的故事，是誰、去哪、時間、為何而去，以及我與杯子主人的故事；如果是我自己帶回來的杯子，我會寫上與誰同行、旅遊的心情，然後作成一張小卡，勾在杯子的手把上。

有一天你會來我的咖啡館，看著整面牆上的城市杯，然後告訴我，你今天想神遊巴黎，我會拿巴黎的城市杯裝滿咖啡讓你的心跟著杯子去旅遊。

有些杯子主人是我特別記在心裡，因為我欠他一杯咖啡，哪天，咖啡館開了，永遠有個位子在等著它的主人到來。當然，我的咖啡館還沒開張，只是想想罷了！但想開始寫故事了。

2012 年 5 月＜城市杯故事＞巴黎－里昂

Dorry 是第一個我想請喝咖啡的人，她與我有革命情感。

剛創業時沒什麼錢，一個人要抵好幾個人用，薪水又少，她負責國外的業務及打雜，而我除了打理會計，還在補習班兼課，也同時經營套房出租，要是管家蹺班，就必須再肩負起清潔的工作，那時就會抓她跟我一起去打掃，她從沒微詞，還很怡然自得，總能一邊打掃一邊眉飛色舞告訴我，她在巴黎讀書的往事。

那是一段愉快的時光，我始終記得她樂觀的樣子，她是所有後來員工都不及與我有話聊像朋友般，並且唯一不鄙視與我去作打掃的人，我始終把她放在心上不曾忘過。

這年，她重遊巴黎，帶回來城市杯，是我第一次看到立體杯，當下就覺得特別與美麗。

後來我們失聯了，但無論如何，哪天咖啡館開張了，我第一個要找來喝咖啡的人就是她。

下篇：十大功勞

　　阿里山上有一種特有保育類藥用植物，就叫「阿里山十大功勞」，據說它根、莖、葉都可以入藥，在中藥上具有十種療效，因此稱為「十大功勞」，而「花舞山嵐」能逐步從一片檳榔園變成一座花園，背後也隱藏著十大功勞，是一群人打造這片天地，若不是所遇都是良善之人，整體不會充滿和諧與和樂之感。

　　改變這片土地最先的幕後功臣，首推「怪手先生」，2015 年認識怪手先生，從第一次工程到第二次工程全由他一手包辦，將檳榔園變成一座花園，就像變魔術一樣，一直覺得那隻怪手看起來那麼笨重，連個手指頭都沒有，卻能將石頭堆砌得那麼整齊，這裡 12 個平臺，石砌牆長又長，就靠那隻沒有神經的怪手，真是神乎奇技！

　　怪手先生大半輩子都在開挖整地，上山、下海、塌方所無不挖，人生至此已累計幾百場舞臺，堆砌石牆對他而言就像堆積木一樣易如反掌，並且，怪手先生不僅允武，還允文，在離開前特地寫下對花舞山嵐的讚嘆。

　　＜追慕花舞山嵐桃花源＞
　　　花似飛花境幽深
　　　舞動西風伴雲海
　　　山色接天數峰青
　　　嵐煙飄渺意無窮

花山之美，深情款款，與天地接，與永恆觸，自由馳騁，悠遊其中，這樣的生活，自然親切的禪機，無限伸延至生命深處，令人開悟覺醒。這裡貢獻了世界的一隅富美，提供一個閒適的花園漫步，在大自然的真山真水中享受自然素樸，追求心靈的美、精神的富足，此境界是生命的桃花源啊！

水電先生將園區內所有的管線全面「地下化」是大功勞者，當初接手這個園區時，花園裡的主要道路，「花田路」，短短的 200 公尺就立了 10 根電線桿，園區下方用戶的電纜，全部從我家花園上空橫跨，長長的五線譜，綿延不絕，於是，開始將電線桿一枝一枝移走，將管線全部下埋土裡；接著將灑水系統一區一區建立好；將化糞池完善等，都是重要的所需。水電先生有一個特色，就是，若平常生活上的水電出了狀況，三催四請的也等不到人來，火燒房子都不見得請得到他來，但如果告訴他，有客人要來玩沒水沒電很不方便，他立馬就來了！說，不能讓我們漏氣，不懂他的邏輯。

鐵工先生給了這個園區「家園」，一塊地，有了房子，房子住久了就變成「家」，從屋裡透出來鵝黃色的燈光，有了溫馨感，間接在告訴人們，這裡有一個「溫暖的家」。接手這園區時，只有一個半磚造的房間，礙於金錢與法規的問題，只能利用原有的貨櫃屋，找來鐵工先生，開始裁切、併裝，再利用原有的廚房用地，以鐵皮屋的方式搭起一個最大面積工作室，再將原本一個已傾斜的儲藏小貨櫃，整個拉抬到水平，讓園區多了一個小客房。鐵工先生很有主見，對自己的作品總是很滿意，舉凡貨櫃屋、工作室、圍籬、大門，

做好後，總不忘說：「做得很漂亮吧！」

而裝潢先生則是最佳美容師，貨櫃屋整個拆解後，內裝就像開膛剖肚一樣，七零八落，非常嚇人，一度很沮喪不知該如何是好，在眾裡尋他千百度後，終於裝潢先生出現了，他將所有的房間大變身，把原本廢墟似的貨櫃屋裝潢得美輪美奐；將已呈現老舊的半磚造屋美化得具現代感；把儲藏室搖身一變，成一間客房。比起鐵工先生硬梆梆的作品，這才叫漂亮吧！

村長在山區裡扮演很重要的角色，這種戶與戶相隔甚遠的山區，若不是有村長串連情感，一個村大概很難有凝聚力。有天，附近鄰居提著電瓶來，說村長知道花園裡的小貨車沒電了，請他過來幫忙的，天啊！那天不經意脫口小貨車沒電了，這種芝麻綠豆蒜皮的小事，村長都記在心裡，要為民服務，若說公田村村長第一名一點都不為過。

至少有 5 戶人家會經由我花園的入口進入自家的農園，經年累月下來，入口處已不堪使用，於是後來整地，順便將路面拓寬，用泥石舖平，但一下雨就一片泥濘，車子經常是只能望門興嘆，出不去。由於我是新住戶，對於資源的取得完全沒概念，心裡還盤算著要存一筆錢後再來舖這條路，沒想到 2018 年初，村長悄悄捎來消息，說要撥經費修補這條路，我聽了簡直不敢相信，村長說，這條路讓進出的用戶很不便利，他看到了，不用去拜託他作事，他知道要主動為民服務……彷彿天上掉下來的禮物，長這麼大，第一次享受到居民福利，原來是這種感覺。2018 年 3 月整條路面舖好後，大門入口處顯得氣派多了，而我的花田路也終於有模有樣，美得像一條瀑布，從門口直瀉而下，

蜿蜒 300 多公尺，這條路讓整個園區頓時煥然一新，村長功不可沒。

　　舉凡一件事的成就，絕非一人所能及，許多的功勞者都寫在篇幅中，若不是集合眾人的力量，光憑我一人，是搬不起一顆大石頭的，我相信十大功勞不只十大，還有更多默默支持與鼓勵我的人都是功勞者，感恩的心不曾斷過，若非上天的助力，派遣十大功勞前來，真不知我一人該如何扛起這座山啊！

第二五章

立夏

2018.5.5 ～ 5.20

· 上篇：生生不息

上篇：生生不息

立夏了

一早掀開窗簾，看見煙斗藤又繼開了，生活跟著花謝花開過一年，這個五月開、那個六月開、八月開，開盡花朵春又來，不覺中竟又過了一年。

生命是一場生生不息的循環，若不是用生命來看待生命，不會領悟生命其實是沒有盡頭的，每一盆花每年就長一枝，今年剪下她，明年又長出，明年剪下她，後年又長出，凋萎的花朵是回歸大地，但生命不是結束，而是化作春泥更護花。

每一篇章的結尾所代表的是另一個篇章的起承，像串起生命的「圓」一樣。所以「穀雨」不是農莊故事的結束，而是「立夏」的開始，農莊又進入一場與天地萬物合的協奏。

　　夏，一直以來是我最愛的季節，回到夏也等於回到一開始滿心喜悅的心情，又將開始一場生生不息的生命饗宴。

國家圖書館出版品預行編目資料

花舞山嵐農莊：阿蓮娜的心靈花園 / 陳似蓮作. -- 初版. --
臺北市：博客思, 2019.04
　　面；　公分
　　ISBN 978-986-97000-6-1(平裝)

　　　　855　　　107021653

現代散文 7

花舞山嵐農莊－阿蓮娜的心靈花園

作　　者：陳似蓮
編　　輯：陳勁宏
美　　編：陳勁宏
封面設計：陳勁宏
出 版 者：博客思出版事業網
發　　行：博客思出版事業網
地　　址：台北市中正區重慶南路1段121號8樓之14
電　　話：(02)2331-1675或(02)2331-1691
傳　　真：(02)2382-6225
E—MAIL：books5w@gmail.com或books5w@yahoo.com.tw
網路書店：http://bookstv.com.tw/
　　　　　https://www.pcstore.com.tw/yesbooks/
　　　　　博客來網路書店、博客思網路書店
　　　　　三民書局、金石堂書店
總 經 銷：聯合發行股份有限公司
電　　話：(02) 2917-8022　　傳　真：(02) 2915-7212
劃撥戶名：蘭臺出版社　帳號：18995335
香港代理：香港聯合零售有限公司
地　　址：香港新界大蒲汀麗路36號中華商務印刷大樓
　　　　　C&C Building, 36,Ting, Lai, Road, Tai,Po, New,Territories
電　　話：(852)2150-2100　　傳真：(852)2356-0735
經　　銷：廈門外圖集團有限公司
地　　址：廈門市湖里區悅華路8號4樓
電　　話：86-592-2230177　　傳　真：86-592-5365089
出版日期：2019年4月 初版
定　　價：新臺幣360元整（平裝）
ISBN：978-986-97000-6-1